O dueto dos gatos
e outros duetos

João Carlos Marinho

O dueto dos gatos
e outros duetos

Ilustrações **Mauricio Negro**

São Paulo
2012

© João Carlos Marinho, 2012
1ª Edição, Global Editora, São Paulo 2012

Diretor Editorial
Jefferson L. Alves

Edição
Cecilia Reggiani Lopes

Gerente de Produção
Flávio Samuel

Coordenadora Editorial
Arlete Zebber

Revisão
Luciana Chagas
Tatiana Y. Tanaka

Capa e ilustrações
Mauricio Negro

CIP-BRASIL. Catalogação na fonte
Sindicato Nacional dos Editores de Livros, RJ

M29d

Marinho, João Carlos
 O dueto dos gatos : e outros duetos (contos) / João Carlos Marinho ; ilustrações Mauricio Negro. – São Paulo : Global, 2012.
 il.

ISBN 978-85-260-1709-2

1. Conto brasileiro. I. Título.

12-2779.
CDD: 869.93
CDU: 821.134.3(81)-3

Direitos Reservados

Global Editora e Distribuidora Ltda.
Rua Pirapitingui, 111 – Liberdade
CEP 01508-020 – São Paulo – SP
Tel.: (11) 3277-7999 – Fax: (11) 3277-8141
e-mail: global@globaleditora.com.br
www.globaleditora.com.br

Obra atualizada conforme o **Novo Acordo Ortográfico da Língua Portuguesa**

Colabore com a produção científica e cultural.
Proibida a reprodução total ou parcial desta obra sem a autorização do editor.

Nº de Catálogo: **3441**

Na minha longa carreira literária fiquei conhecido do público como um autor infantojuvenil. Este livro, no entanto, destina--se ao público em geral. Isto quer dizer que o aproveitamento que visa proporcionar a leitura destes contos pressupõe uma dose acumulada de "experiência da vida" que não é possível atingir antes dos dezesseis anos.

Dedico este livro a minha querida amiga a soprano Annie Lacour a quem devo a ideia de colocar "O Dueto dos Gatos" de Rossini no primeiro conto. E dedico também aos meus queridos netos: Berenice, Dora, Nuno, Gabriela e Alice.

Nascido no Rio de Janeiro em 25 de setembro de 1935, João Carlos Marinho tornou-se conhecido do público com a sua literatura para crianças, que começou com a publicação de *O Gênio do Crime* em 1969, um clássico do gênero que se aproxima da 70ª edição. Gerações sucessivas não cansam de lê-lo. Seguiram-se mais onze livros da Turma do Gordo, com destaque para *Sangue Fresco* (Prêmio Jabuti e Grande Prêmio da Crítica da APCA), *O Caneco de Prata, Berenice Detetive* (Prêmio Mercedes-Benz), *O Conde Futreson* e *Assassinato na Literatura Infantil.*

Este livro de contos dirige-se ao público em geral.

Mais informações sobre a vida e a obra do autor podem ser encontradas nos *sites:*

www.globaleditora.com.br/joaocarlosmarinho
www.facebook.com/joaocarlosmarinhoescritor

Sumário

O dueto dos gatos...11

A fotografia 29

Mais que a vida 39

Genilza 49

O mistério do engenheiro alemão 55

Ontem choveu..75

O lamento de Lúcia 77

O cio nórdico 83

Ela surgiu no verão...87

O dueto dos gatos

Estamos em 1915 na cidade de São Paulo no palacete do industrial Fidélio Batente L. C. situado no bairro dos Campos Elísios. O casarão ocupava um belo terreno, não chegava a ser uma chácara, daquelas muitas que existiam e que, para serem assim chamadas, deviam abranger um quarteirão inteiro, ou mais, mas era bastante largo e comprido, ia de rua a rua. Nele moravam, além do industrial, a sua mulher Lucrécia e a única filha Lucila, de quinze anos. A maioria dos empregados morava na construção dos fundos e os muitos quartos vazios do corpo da mansão eram ocupados pelos familiares do casal nas vezes que vinham a São Paulo: os de Fidélio Batente vinham do interior, os de Lucrécia do Rio de Janeiro.

Fidélio Batente e Lucrécia mantinham um salão mundano nos moldes da *belle époque*: não tinha o extraordinário alcance do antigo salão de Veridiana Prado ou do contemporâneo Freitas Valle. Embora o marido participasse, o salão ficou conhecido como "salão da Lucrécia". A diferença entre o salão de Lucrécia e o de Freitas Valle era que o dela era despido de pretensão erudita, as pessoas iam ali mais para se encontrarem, bater um papo, jogar um carteado ou bilhar, passar agradavelmente a noite. Lucrécia patrocinava saraus com música, declamação, conferências mas, somando e diminuindo, aquilo estava mais para o "terra a terra" do que para templo cultural. O advento da Grande Guerra causou um abalo mas, de outro lado, favoreceu a industriais como Fidélio Batente que livrou-se por um tempo da concorrência dos manufaturados ingleses e europeus. Como toda situação diferente, a guerra abriu também certas oportunidades. Mas dela pouco se falava: só virou assunto depois do inflamado discurso de Rui Barbosa, no ano seguinte, na Universidade de Buenos Aires.

Lucrécia fora educada na França, muito católica conseguira suavizar o positivismo do marido, apaixonado na mocidade pelas ideias de Augusto Comte, mas não convertê-lo: neutralizou-o nos limites de um agnosticismo inofensivo.

Os empregados começavam o serviço às 6:30. Às 7:30 chegava Jurandir, o *chauffeur* (que morava na Liberdade, num porão alugado, com a mulher e dois filhos), levava a menina Lucila ao colégio, depois voltava e levava o patrão até a fábrica. A menina almoçava no colégio e era trazida de volta às 15:50, salvo nas quartas e sábados, em que tinha a tarde livre, quando era trazida às 11:50. Ao contrário de alguns *chauffeurs* a quem se impunha um uniforme mais rigoroso, do Jurandir só se exigia o boné, a gravata preta, a camisa branca e o paletó cinzento. Nas noites de festa o Jurandir dormia no palacete, no quarto do jardineiro português, seu José, que gostava muito de acolher o *chauffeur*. Há muitos anos viera de Portugal, onde deixara mulher e filhos, planejava voltar um dia e, sendo analfabeto, era o *chauffeur*, com a sua letra caprichada, quem escrevia as cartas ditadas por seu José para a mulher e quem lia também em voz alta as que, escritas por interposta pessoa, ela respondia de Portugal. As cartas de seu José, debaixo de uma forma tosca (sempre começavam com: Maria você vai bem? Eu dou graças a Deus eu vou bem), mostravam muita sensibilidade e observação, falavam de todos os habitantes do palacete, empregados e patrões, com especial carinho para a rapariga Dona Lucila, falavam das reformas que aconteciam no bairro, do palácio do presidente que estava mudando para perto, falavam dos balões que caíam no jardim, quando os moleques pulavam o muro e invadiam, iam até mais longe, com certo humor, como o relato daquele indivíduo que se jogou do Viaduto do Chá e caiu sobre um feno, ou coisa macia, não conseguiu se matar, e foi muito vaiado pelo povo que se acotovelava para assistir.

Na noite daquele dia de outubro o casarão receberia convidados: haveria banquete e música. Desde cedo o movimento era intenso. Dona Lucrécia foi atendida pela cabeleireira e pela manicure: estas tiveram que almoçar lá para atender a menina Lucila pela tarde. Dona Augusta, a costureira, também chegou de manhã, os uniformes dos empregados pediam algum último acabamento e, pela tarde, teria que acertar os vestidos da mãe e da filha.

E houve também a rotineira aula de francês para a Lucila, que já falava com alguma fluência, só faltava um aperfeiçoamento (eram aulas de reforço porque o colégio de freiras dava muita atenção a esta língua). Mademoiselle Dubois, uma senhora alta e magra, esperava a menina na biblioteca:

— *Vous n'avez pas bonne mine, Mademoiselle* Lucila.

— *On l'a déjà remarqué ce matin à l'école. Mais c'est rien, ça va bien.*

— *Pour la mine, je n'veux pas être indiscrète, si c'est une fantaisie de jeune fille, gardez là pour vous. Ouvrez votre Molière et revenons à nos moutons. Attention, pas comme hier – révenons. On dit revenons.*

(– A sua aparência não está boa, senhorita Lucila – Já me disseram isso hoje de manhã na escola. Mas não é nada, estou normal – Não quero ser indiscreta, se trata-se de uma fantasia de adolescente guarde-a para si. Abra o seu Molière e voltemos ao que estávamos fazendo. Atenção, não vá repetir o erro de ontem, não se diz *révenons*, o certo é *revenons*.)

Lucrécia, com ajuda da governanta Laurinda, comandou os últimos preparativos: a lista dos convidados fora detalhadamente discutida com o marido, evitava-se as incompatibilidades, na medida do possível (porque às vezes era impossível), os "mata-prosas" eram excluídos, assim como os "destemperados temperamentais" (não sabiam discutir sem ofender), os que se detestavam por algum problema de família ou incidente da vida, ou os "monopolizadores de assunto", igual aquele ruidoso higienista que invadia autoritariamente o sistema de vida e alimentação dos seus ouvintes, colocava-os acanhadamente na defensiva, montava uma peça de acusação.

Os convidados chegaram. Fazia uma agradável noite de outubro, o ar estava perfumado pelos jasmins e magnólias, ouvia-se o coaxar dos sapos, o trilar dos grilos, o marulhar de um regato, muitos latidos e miados da vizinhança e de mais longe. Por algum motivo os vaga-lumes estavam extraordinariamente ativos, e, por onde se olhasse, o jardim piscava inteiro.

Ao lado da mesa principal havia uma menor, reservada para os adolescentes, onde a Lucila sentaria. Quem fosse universitário, ainda que imberbe, sentava na grande (havia mocinhos que entravam muito cedo na faculdade).

As entradas estavam sendo servidas (*"Canapés Boulevardienne"* e *"Potage Crème Idéale"*) e Lucrécia, sabendo que a rivalidade com o Rio de Janeiro sempre era coisa que apimentava os espíritos, lançou:

– Os meus irmãos falam que programa de paulista é levar carioca ao Butantã para ver a jararaca ser comida pela muçurana.

O Ministro D. Souza atalhou e fez uma graça, provocando o riso geral:

– Isso é uma arte do Vital Brasil para enganar carioca, a jararaca é sempre a mesma, a muçurana é que muda.

A dona da casa felicitou-se intimamente, o jantar começava alegre. Logo depois entrou assunto de moda e das lojas, de sufrágio feminino, de placas magnéticas, das linhas cruzadas, que aconteciam a todos, bastava um vento, uma linha de papagaio (pipa) que se atravessa nos fios, o que deu comentário à dona Leonor D. Souza:

– Ontem eu estava falando no telefone com a Julieta e entrou uma linha cruzada de duas mocinhas, falando de namorados, vocês não imaginam o atrevimento da linguagem, os detalhes do vernáculo, os detalhes da anatomia.

– O João do Rio diria que você achou isso "inconcebível" – comentou o doutor João Araújo.

– Talvez *up-to-date* seja a palavra – comentou a dona da casa.

Os deliciosos pratos foram sendo servidos, dois engenheiros falavam sobre a matemática de Augusto Comte:

Nota: Na época dos fatos o Butantã (ou Butantan) chamava-se oficialmente Instituto Serunterápico do Estado de São Paulo. Veio a chamar-se oficialmente Instituto Butantan somente em 1925. Como era localizado na Fazenda Butantan, todo mundo se referia a ele como O Butantan e foi esse uso arraigado que fez prevalecer o atual nome oficial.

– A matemática de Comte é do século dezoito, ele não foi além, ficou ali – dizia o engenheiro Barroso.

O engenheiro Castigliani o contestava, mas o engenheiro Barroso continuou:

– Claro que envelheceu, temos que olhar o que está se fazendo na Europa, temos que olhar para o Poincaré. O professor Otto Alencar demonstrou a fragilidade do método de Comte.

– Esse Otto de Alencar era neto do José de Alencar? – perguntou o Ministro D. Souza.

– Não – disse dona Amélia Barroso – O Otto era primo do escritor. Vinha do lado da irmã.

– Eu conheci o Otto no Rio de Janeiro – disse Fidélio Batente – Ele era Inspetor da Iluminação Pública, quando começaram a passar do gás para a eletricidade, eu estava interessado em ter uma aproximação com a Siemens.

– Lembro da Laura, da mulher dele, sim – falou Lucrécia – Fomos visitá-los, gente muito fina.

– O Otto devia beirar a minha idade – disse Fidélio Batente – Morreu muito moço.

De lá a conversa foi para o assassinato de Pinheiro Machado, depois comentou-se que os noivados estavam ficando muito curtos, Lucrécia verberou os mascates que, pelo portão de trás, impingiam santinhos, estatuetas e amuletos para as empregadas, desequilibrando-lhes o salário, elogiaram-se os vinhos, comeram-se as sobremesas, onde o amarelo vivo e bonito dos fios de ovos, dentro das inúmeras travessas, coloriu o salão, e o jantar terminou.

Os homens reuniram-se na biblioteca e na sala de bilhar para o café, charutos e licores.

– Fidélio, o seu novo Packard é assombroso, azul e prateado, quase uma miragem – disse um convidado.

– Você tinha uma Peugeot não é? – disse outro.

– Esse Packard é muito recente, chegou no mês passado – falou Fidélio Batente.

– A mecânica não dá problemas?

– Nenhum – disse Fidélio Batente – E tenho o Jurandir, ele instintivamente já se familiariza com todas as coisinhas do carro.

– A sua filha, ela é uma formosura, Fidélio, está virando uma mulher muito bonita – falou o engenheiro Castigliani.

– A Lucila é a vida e a luz desta casa – falou Fidélio Batente – A frase é da minha mulher, e eu concordo. Todos gostam dela, tem amigas em toda a parte. Lá no colégio as freiras são entusiasmadas pela Lucila. Anda um pouco tristinha mas logo isso passa, pequenas coisas da idade.

– Acontece a todas – disse o engenheiro.

As mulheres, ou ficaram conversando no hall de entrada ou foram ao salão de costura que fora adaptado para servir como *boudoir*. Havia duas penteadeiras onde elas podiam sem inibição cuidar de seus retoques de toalete e maquiagem.

Outra diferença marcante que havia entre o salão de Lucrécia e o de Freitas Valle é que, no de Lucrécia, a decoração das paredes não era exagerada e nem sombria. Não havia nenhum quadro nem em cima e nem abaixo do outro, nem estavam muito próximos, e como não havia tapeçarias penduradas, a pintura a óleo das paredes refletia a luz e aclarava e aliviava o ambiente. As salas eram temáticas, quadros de paisagem em uma, cenas do quotidiano em outra, mais adiante as naturezas-mortas, seguindo-se as salas das marinhas, das cenas históricas ou mitológicas, dos retratos, pontificando, além de outros, Batista da Costa, Almeida Júnior, Pedro Alexandrino, Benedito Calixto e Henrique Bernardelli.

Enquanto se olhava no espelho e aplicava a pequena almofada de pó de arroz na cara, levantando uma nuvem, uma convidada disse a Lucrécia:

– Ouvi dizer que o filho do embaixador Nogueira andava interessado na sua linda filha. É um moço distinto, estuda engenharia no Mackenzie, tem aprovação geral.

– O Carlinhos é um amor de moço – disse Lucrécia – Esteve aqui, trouxe flores para a Lucila, mas eu conheço a minha filha, não acendeu centelha.

– Você pôs governanta para a Lucila?

– Não esse tipo de governanta, tenho a Laurinda que dirige os empregados e o sistema da casa. Ela trabalhou na casa da minha mãe, quase me viu nascer.

– A Laurinda é admirável – disse outra – Como eu invejo você, eu precisava de alguém assim. Mas a Aurélia botou uma governanta feroz para os filhos dela.

– Governanta alemã, imagine – disse dona Aurélia Araújo – Veio da Suíça. O João estudou medicina na Alemanha e inventou de trazer essa mulher, os meus filhos só falam com ela, eu fico sobrando. Daqui a pouco vou ter que falar alemão com os meus filhos.

– Venha aqui, Lucila – disse outra – A sua mãe falou que você está difícil, anda rejeitando moço bonito.

– Eu e o Carlinhos somos amigos – falou Lucila – Não rejeito amizades.

– A menina está certa, para escolher o marido é preciso ir conhecendo vários, ir comparando – falou dona Amélia Barroso.

– Você fez isso? – falou dona Ruth Castigliani.

– Eu não, o primeiro que apareceu na fazenda conversou com o meu pai e marcaram o casamento. Por um acaso eu tive sorte, o Barroso é como se diz *une perle rare*.

– Mas o doutor Barroso te escolheu. Ele falou para o meu marido.

– De certa forma escolheu: éramos quatro irmãs, ele chegou na fazenda para casar com a Heloísa, a mais velha, sabe, papai fazia gosto que as filhas casassem com engenheiro, o Barroso ficou uns dias e virou para o meu lado.

Dona Ruth Castigliani puxou Lucila pelo braço e disse:

– Você não vai correr esse perigo. Nós as velhas estamos segurando você demais, vá depressa para o lado dos seus amiguinhos.

E apontou para quatro ou cinco moças e rapazes, que conversavam com animação. Depois, virando-se para Lucrécia, disse:

– Tem aí na família algum bisavô cigano? Sabe, a sua filha tem um não sei quê, não sei se é no olho ou só no olhar, um leve puxadinho assim, dois olhos que se encompridam dos lados, embaixo de umas arcadas salientes, e as longas pestanas, isso vai virar a cabeça de muito homem, ela é dessas que vai derrubar.

– Estou preocupada com a Lucila – falou Lucrécia – Ela não está feliz.

– Imaginação sua – falou dona Aurélia Araújo – Conversei com a Lucila e não percebi nada. A menina está com um perfeito desembaraço, conversa com naturalidade.

– Mãe conhece filha – falou Lucrécia.

Madre Telesfora jantara ao lado de Lucrécia e tinha ido até a copa ver se as suas meninas estavam prontas. A Madre formara o coral do orfanato feminino patrocinado por Lucrécia e que já estava ficando conhecido, apresentara-se no Pátio do Colégio, fora elogiado pelo Barão de Duprat. Laurinda veio dizer à patroa que o grande salão já fora varrido, tiraram as mesas e a cerimônia podia ter início. As cadeiras já perfiladas, os convidados sentaram-se no salão onde predominavam as marinhas de Benedito Calixto.

As vinte integrantes do coral, vestidas com a longa bata branca, levando ao pescoço a grossa corrente de ferro com o crucifixo, cada uma segurando o seu bloco de partituras na mão esquerda, saíram da porta da copa, pegaram o fim do corredor, chegaram ao salão, desfilaram em fila indiana entre a plateia, colocaram-se de pé diante do público. Lucrécia fez a apresentação e passou a palavra à Madre Telesfora, que disse:

– O mais importante instrumento musical que existe é aquele que Deus nos deu: a voz. Hoje vamos apresentar canções populares brasileiras que não foram escritas para coral, as partituras tiveram que ser adaptadas. Apresentaremos também algumas valsas curtas e alegres de Brahms. Entre os primeiros sopranos temos a Irene que pode atuar também como solista (a adolescente Irene se adiantou e fez uma reverência).

Madre Telesfora sentou-se ao piano, tocando e regendo, e o canto começou, conforme o programa distribuído. Antes de cada peça, se necessário, a Madre tocava discretamente a nota de cada naipe de voz para dar o tom. Algumas repetiam baixinho o acorde, outras o guardavam direto na memória. A primeira peça foi "Casinha Pequenina", de autor desconhecido, seguida por uma valsa de Brahms. Logo de início o público sentiu o som cheio, a afinação e a solidariedade vocal de um bom grupo de coro e foi levado ao estado de êxtase e de sonhadora contemplação.

Houve um intervalo, as meninas foram para a copa e foram servidos sucos e champanhe. Pelos comentários e pelo olhar entusiasmado dos convidados Lucrécia percebeu que o coral da Madre Telesfora havia conquistado o público.

Passados quinze minutos as cantoras voltaram, sempre chegando em fila indiana e se agrupando ordeiramente. As meninas também haviam percebido o afeto da plateia e estavam mais seguras do que no começo. Enfiadas naquelas batas brancas elas pareciam uma revoada de anjinhos que havia pousado em um galho para cantar.

Vieram mais valsas de Brahms, "Quem Sabe" de Carlos Gomes e, quando o coral se aprestava para cantar a última música do programa ("Luar do Sertão", de Catullo da Paixão Cearense), Lucrécia levantou-se, colocou-se à frente do público e falou:

– Consta no programa de vocês que o "Luar do Sertão", que vem agora, é a última música da noite. Mas não vai ser. Vai ter uma surpresa grande depois. Grande mesmo! Estejam preparados.

O "Luar do Sertão" foi cantado, terminou, foi aplaudido normalmente, não com aplauso de fim de festa, onde se aplaude o conjunto da performance, pois estavam esperando a surpresa da Lucrécia. E a dona da casa anunciou:

– Agora, para terminar, vocês vão ouvir essa maravilhosa e tão delicada peça de apenas duas vozes: "Le Duo des Chats", de Rossini, cantada pela nossa primeira soprano a jovem Irene e pela minha filha Lucila.

Lucila saiu do público, colocou-se ao lado de Irene, na frente do coral, fez uma reverência. O público riu porque quando Lucila fez um movimento para beijar Irene, essa adiantou a cara do mesmo lado para beijá-la, e quase bateram nariz. Madre Telesfora veio do piano e entregou a Lucila uma bata branca. Lucila pegou a longa bata na mão, fez um olhar de perplexidade, mas a mãe indicou por gestos que não tinha problema de enfiar pela cabeça ali mesmo e então ela a vestiu sobre a roupa que levava. Era uma bata larga, confortável, não tolhia os movimentos. Colocou também sobre o pescoço a comprida corrente de ferro com o crucifixo pendendo diante do peito. Além do seu olhar tão característico, Lucila, apesar dos quinze anos, já tinha um corpo longo e bem-feito de mulher, um corpo bonito que, mais do que delicadeza e fragilidade, transmitia uma evidente determinação.

Madre Telesfora foi tocando ao piano e "O Dueto dos Gatos" foi se desenvolvendo, uma miando para a outra, é uma peça muito curta, elas haviam decorado a partitura, não precisava olhar. Às vezes havia frases miadas, que eram miados seguidos, às vezes uma interrompia a outra com um miado só, o andamento ficava ou lento ou rápido, havia miados agudos mais altos, havia um miado de animosidade, enfim, como acontece com todos os que interpretam essa magistral peça, o riso era contagioso, no começo vinha só do público, as cantoras lutavam para contê-lo, e houve um momento em que Lucila não conseguiu controlar-se e dobrou-se de rir, recuperando-se depois.

O aplauso do público foi estrondoso, ovação de estremecer a casa, uma formidável exacerbação de alegria. Muitos gritavam "bis" mas não foi possível, os hóspedes misturaram-se com as cantoras, as batas brancas separaram-se, espalharam-se pelo salão e, como tochas incandescentes, o ficaram pontilhando em diversos pontos, refletindo a luz dos lustres, sempre cercadas por entusiasmados admiradores. Lucila era calorosamente festejada, todos queriam abraçá-la, todos tinham uma frase exclamativa para ela, mas a menina recebeu dois ou três cumprimentos e retirou-se para o seu quarto, sem despedir-se de ninguém. A champanhe foi servida (e sucos).

Lucrécia dizia em uma roda:

– No primeiro ensaio a Madre mandou a Lucila fazer um gesto de pata de gato, sabe, ameaçando de unhar, mas eu fui contra.

– Você tinha razão – disse o Ministro D. Souza – O andamento da melodia fornece a teatralização. Não precisa gesto.

– Foi magnífico, foi monumental! – repetia dona Amélia Barroso, abraçando Lucrécia.

A Madre Telesfora desdobrava-se em explicações sobre a classificação dos naipes de vozes, dos quatro grupos de cinco, de como mezzo sopranos preenchiam a carência de contraltos, da luta por partituras, havia até alguns hóspedes que pediam um diálogo menos didático e mais profissional, sobre as harmonias e linhas melódicas de um tal arranjo, mas não houve tempo, a Laurinda veio dizer que o último bonde ia passar.

As vinte meninas do coral retiraram-se, acompanhadas por Madre Telesfora e das duas vigilantes que vieram junto. Os convidados permaneceram mais um tempo, serviu-se mais champanhe, serviu-se um *buffet* frio, formaram-se rodinhas e finalmente todos foram se despedindo. Os *chauffeurs* iam dando partida, sempre ruidosa, e esquentando os motores. Alguns convidados usavam táxi, ou contratados para aquela noite ou porque, imitando o Freitas Valle, tinham sempre o mesmo motorista à disposição. Lucrécia e o marido permaneceram na porta, se despedindo e ouvindo de cada hóspede o último elogio da festa bem-sucedida.

Fidélio Batente sentou-se no hall de entrada, serviu-se de mais uma taça de champagne, Lucrécia deu as últimas instruções à Laurinda, em breve o corpo da casa estava vazio, o coachar dos sapos, o trilar dos grilos e o marulhar do regato próximo voltaram a ser ouvidos. Lucrécia, um cálice de licor na mão, sentou-se na poltrona de palhinha ao lado do marido.

– Finalmente a nossa filha sorriu – disse ela – Faz mais de um mês que nem sorriu e nem brilhou com o olhar.

– Eu também fiquei aliviado – disse Fidélio Batente – E fez mais do que sorrir, deu gargalhadas, e os olhos fizeram mais do que brilhar: eles fulguraram.

– Graças ao *Duo des Chats* – disse ela.

– Foi só melancolia de menina-moça. Agora passou – disse ele.

– Era o que todos diziam – falou ela – Acho que nós exageramos na preocupação.

– Com certeza – disse Fidélio Batente – A nossa filha estava levando vida normal, participou de todos os ensaios desse dueto.

– E não foi fácil – falou Lucrécia – O dueto parece simples mas exige muito trabalho.

Fidélio Batente serviu-se de mais champanhe, estava feliz, deu risada e falou:

– O que faltou ensaiar foi enfiar a bata pela cabeça na frente de todo mundo. A Lucila ficou um pouco assombrada.

– Eles ensaiaram sem bata – falou Lucrécia, rindo também – Mas a nossa filha saiu-se muito bem, entendeu imediatamente o meu gesto.

– Até foi melhor assim – disse Fidélio Batente – Deu um toque de improviso. Ela enfiou a bata muito graciosamente.

– A Aurélia e a Leonor gostaram – falou Lucrécia – Uma coisa inesperada sempre fica bem.

– Sem falar da narigada que ela deu naquela menina – disse Fidélio.

– Aquilo foi ótimo – disse Lucrécia – A nossa filha tem uma excelente "presença" no palco. Tudo que ela faz dá certo.

– Vamos coroar isso – disse Fidélio Batente – Amanhã saiam juntas à tarde, vão tomar chá, comprem pra valer, eu deixo o automóvel com vocês.

– Não precisa, uma voltinha de bonde é uma coisa mais arejada, mais alegre. Fazemos umas compras na Rua Direita, ali não há mulher que não se derreta, e terminamos com o chá – falou Lucrécia.

– Tem razão, querida. É muito melhor. Vá de bonde e, conforme o dia, é melhor tomar um sorvete em vez do chá. Mas o automóvel pode levar vocês a Santos, no fim de semana, lá com os Fraccaroli, que me diz?

– Combinado. Você não vai?

– Vou sim, vou também – disse Fidélio Batente.

Levantaram-se, caminharam vagarosamente de braços dados e subiram a escada de mármore que levava ao andar de cima onde estavam os quartos. A escada, finamente trabalhada, com pequenos nichos ornados de estatuetas de santos da devoção ao longo das paredes, subia reto até um patamar, depois virava noventa graus à esquerda. Quando estavam chegando em cima ouviram um estampido. Depois outro. Vinha da ala direita, onde ficava o quarto de Lucila.

Lucrécia, movida por um instinto, gritou o nome da filha, subiu correndo o resto da escada, sempre gritando, virou à direita e abriu a porta do quarto de Lucila. Fidélio Batente, pálido, confuso, veio vindo atrás e, antes que atingisse o alto da escada, ouviu o lamento agudo, incessante e desesperado da mãe.

Deitados na cama da menina, ele no uniforme de *chauffeur* e ela ainda envolta na bata branca do coral (a corrente com o crucifixo de ferro deixara sobre o criado-mudo), estavam os cadáveres da Lucila e do *chauffeur* Jurandir, cada um com um tiro na cabeça. O revólver estava na mão de Lucila, ela fora a última a se matar. Sangue, cabelos, pedaços orgânicos, pedaços de cérebro espalhavam-se pela cama, pela bata, pela cortina. O caminho de Jurandir ao quarto da menina não tinha mistério: uma escada metálica de serviço, um pouco íngreme, vinha da copa até o início daquele corredor onde ficava o quarto.

E havia o bilhete, escrito com a bela caligrafia de Lucila:

Mamãe, papai

Eu e o Jurandir nos apaixonamos.
Um amor imenso e impossível,
decidimos morrer juntos.
Peço perdão, eu vos amo.

A fotografia

Ao aposentar-se, o funcionário do Tribunal de Justiça, Antônio T. J., escreveu em um papel:

a. Exercícios
b. Vida social
c. Filho e neta
d. Divertimento
e. Leitura e estudo
f. Compras
g. Viagens
h. Mulheres

Viúvo, tinha um filho e uma neta, continuou morando naquele apartamento de três quartos e uma garagem onde havia morado com a sua falecida mulher.

No item sociabilidade ele programou uma vez por semana um jantar e um cinema (ou almoço e cinema) com um amigo. Logo percebeu que os poucos amigos disponíveis eram aqueles casados com as mulheres que a sua falecida preferia. A sua vida social era a vida social dela.

Entre a morte da mulher e a aposentadoria isso ficou oculto porque ele tinha diariamente a turma da repartição. A verdade agora se impunha. Aqueles jantares, de um contra dois, pareciam uma mesa de três pés. Tentou cautelosamente ir à casa dos poucos amigos para assistirem futebol na TV. Não era a mesma coisa, mesmo isolando assim o amigo, a ausência da falecida continuou desequilibrando o sistema. Pisava-se em ovos.

Sentiu muita saudade dos dois amigos "só dele" que tivera. Um tempo feliz. Mas haviam morrido prematuramente do coração, naquela leva de enfartes. Começou a sentir inveja dessas pessoas que viviam falando no telefone celular, mesmo na rua. Iam varando a multidão com o celular no ouvido, felizes e risonhos, a boca mexendo, os olhos brilhando. A ele ninguém chamava, nem o filho.

Também tinha muita saudade do tempo da repartição, aquela conversinha de todo dia, cada um contando o casamento da filha, as férias na praia, o assalto de que fora vítima, aos poucos cada um ia colocando um novo pedaço de sua vida, juntando com os anteriores aquilo fazia um painel geral muito vivo, sem contar a conversa geral, de futebol, outras vezes de fuxicos do Tribunal.

No item "mulheres" o primeiro impulso, naturalmente, foi de "pescar na lagoa do passado". Tivera alguns casos durante o casamento, os colegas de repartição chamavam de "fora dos autos". Mas o tempo muda as coisas, repetir o passado não deu certo. Aventurou-se então em três "excursões da terceira idade". Na última foram levados de ônibus a uma longa viagem até Caldas Novas e ficaram sob a direção de um jovenzinho que se outorgava o título de "monitor". Durante o jantar o "monitor" ficou de pé na cabeceira da mesa e fez um discurso filosófico sobre a "terceira idade" onde repetiu um sem-número de vezes as palavras "descontração" e "motivação". Na sobremesa botou-se um som que fez trepidar o hotel, Antônio não queria dançar, foi puxado por uma senhora que estava tomando caipirinha sem parar, atravessara o jantar tomando caipirinha, mesmo quando puxou o Antônio ela tinha um copo de caipirinha na mão direita, ele foi arrastado, a mulher mexia o corpo que nem um demônio, quis beijá-lo, aquela sim estava "motivada", ele fugiu, correu pelos corredores, o hotel era grande, aqueles corredores não acabavam, finalmente trancou-se no seu quarto, mas era impossível escapar, ela arranhava a porta, dava pontapés, Antônio não queria ofender, chamou a portaria pelo interfone, veio o gerente do hotel, veio o monitor da terceira idade, acalmaram a senhora. No dia seguinte, no ônibus, na viagem de volta, Antônio ouviu dizer que ela tinha sido levada ao Pronto-Socorro e tomado uma injeção de glicose. Falaram também que ela era bipolar.

Antônio experimentou então os *sites* de relacionamento amoroso da Internet e ajeitou-se em um deles: havia a lista de mulheres, cada uma indicando a sua suposta idade e o seu suposto perfil: diplomas escolares ou universitários, ou de formação profissional, peso, altura, tipos de filmes ou de livros ou de programas de TV preferidos, músicas que gostava, que esportes, que atividades de lazer, o que esperava de um relacionamento. Podiam trocar *e-mails* sem que um soubesse o *e-mail* do outro, nem a identidade, cada qual tinha o seu nickname e os *e-mails* pertenciam ao *site* da operadora apenas para os *nicknames* fornecidos, não trafegavam fora do *site* amoroso.

Antônio adotou o *nickname* de *Paulistano Pensativo*, colocou o seu perfil no *site* e ficou peneirando os perfis de mulheres aproximadamente dez anos mais moças que estivessem no começo da casa dos cinquenta. Interessou-se por *Pérola do Sul*, uma divorciada (cuja fotografia constava do perfil dela) e escreveu-lhe, obtendo resposta:

Prezada Pérola do Sul

Li o seu Perfil e achei que talvez tenhamos afinidades para um bom entendimento. Se você consultar o meu Perfil verá que temos alguns gostos muito parecidos.

Sou funcionário público do Estado, aposentado, e tenho interesse em conhecê-la melhor. Como sugere o meu *nickname* eu moro em São Paulo, num bom bairro, tenho apartamento próprio, tenho um filho casado e uma neta e moro sozinho. Como está no meu Perfil sou viúvo, a minha mulher veio a falecer faz seis anos.

Meus cumprimentos

PAULISTANO PENSATIVO

— — — — — — — — — — — — — — — — — — — —

Meu caro Paulistano Pensativo

Gostei bastante do seu Perfil. Eu também adoro Roberto Carlos mas gosto de música clássica também. O Roberto é muito romântico. Eu sou romântica. Moro também em São Paulo, tenho duas filhas e um filho. A solteira mora comigo, os outros dois são casados, a minha filha me deu duas netas que eu adoro. Eu gosto de ser sincera, por isso eu digo: não estou atrás de amizade só. Mas não estou procurando casamento, o que eu quero (muito!) é encontrar um namoro romântico. Gosto de sexo e carinho. Você fica chocado? Às vezes eu assusto os outros com a minha sinceridade, mas se a gente é honesta a vida pode ser bem aproveitada. Eu gosto de orquídeas, custa um pouco caro mas nunca deixo de ter uma na minha sala. Não deixo murchar, já ponho outra. Conte mais sobre você. Você parece ser um homem educado mas que tem dificuldade em se revelar. Estou certa? Fico esperando.

Um abraço

PÉROLA DO SUL

— — — — — — — — — — — — — — — — — —

Quando se começava uma troca de correspondência, embora ela ocorresse dentro do *site* de relacionamento, as mensagens não eram vistas por mais ninguém. Lá pela quarta ou quinta mensagem um já havia tomado a altura do outro e os dois pularam fora do *site* e passaram a se comunicar pelos próprios *e-mails*, ela mandou mais fotografias e ele mandou as suas. E depois por telefone. As identidades se revelaram por inteiro.

Antônio marcou o primeiro encontro numa pizzaria, sem nenhum compromisso imediato, o que também era o desejo de "Pérola do Sul", cujo nome real era Maria Rosa. Um olhando no outro, devagar, sem pressa, conversando e se estudando.

Antônio gostou de Maria Rosa, sentiu-se atraído, mas ela não. Foi muito gentil mas Antônio sentiu claramente da metade para a frente do jantar que o brilho dos olhos dela foi esmaecendo, começou a olhar em volta, pegar coisas na bolsa, ele estava sendo reprovado.

Continuou tentando a sorte no mesmo *site* mas não conseguiu se encaixar: havia umas senhoras que o atraíram, mas essas aí não quiseram saber dele, deixaram o funil do reconhecimento aperfeiçoar-se até a pizzaria, e desistiam. As outras que o queriam ele não quis.

Procurou as prostitutas de certo nível, as "garotas de programa" da faixa de duzentos reais (cem dólares para os turistas), menos que isso era ruim, acima ficava muito caro. Vinham na casa da gente, o táxi de ida e volta estava incluído nos duzentos, tinham apresentação, vestiam-se com bom gosto, sabiam o bê-á-bá da sociabilidade e essas sim eram bonitas, jovens, apetitosas. Gostou de uma ruiva, muito delicada, dizia que era dentista e que a prostituição era um "bico", Antônio não acreditou, mas ele não estava ali para desmentir a mulher, nem para mostrar os dentes e testar se ela sabia ou não daquilo e, ademais, contar vantagem não era defeito, tinha colega de repartição que vivia inventando. Ficava caro, quatro vezes por mês, oitocentos reais, para um aposentado isso é extravagância. Passou do limite várias vezes, a gerente do banco o advertiu. Teve que cortar o orçamento, almoçar muito barato no boteco da esquina, que punha mesas na calçada, Antônio não conseguiu se habituar, uma comida ruim e feia. A sua falecida o habituara a comer bem, ela fazia ao gosto dele (barquinha de chuchu ao forno com picadinho), ou talvez ele tivesse o estômago um pouco sensível. Voltou para o restaurante de costume, cortou o orçamento em outro lugar.

A ruivinha era afetuosa. O carinho foi conquistando Antônio, ele comprava presentinhos, perfumes, talvez ajudasse o fato da ruivinha ser um pouco sardenta: desde a adolescência Antônio guardara um certo encanto por mulheres sardentas, aquelas delicadas manchinhas eram para ele um mistério de sensualidade. Sobretudo as que passeavam entre a base do pescoço e a ponta do ombro, ele gostava de beijar uma por uma. Um dia ela pediu emprestados cinco mil reais por doença da mãe. Antônio teve que entrar na poupança, aquela modesta poupança reservada para situações de emergência. Dali a duas semanas ela pediu dez mil. E depois mais dez. Antônio tentou argumentar, tirou no computador o extrato de sua poupança, mostrou.

Ela pegou no papel, amassou, jogou no chão e disse:

– Não quer emprestar não empresta, porra! Eu é que não vou implorar, vê lá se eu, o que é meu eu tenho.

A violência do gesto e da frase deixou o nosso herói estupefato, imóvel, gelado. Uma sardentinha tão educada, tão carinhosa, e de repente a metamorfose, o desrespeito. Como é que podia assim, numa fração de segundo, o ser humano passar disso praquilo?

Passada a estupefação Antônio encolerizou-se, o sangue subiu, não era homem de engolir desaforo, ele era muito manso, alguns até o achavam manso demais, mas tinha um ponto que ele não deixava passar. No tempo da repartição tinha uns que o chamavam de puxa-saco até o dia em que o poderoso chefe (que todos temiam) o ofendeu de verdade. Antônio levantou o homem pelo colarinho, espremeu contra a parede, e o homem não deu queixa, pediu desculpa. A ruiva não era ingênua, viu a transformação na face dele, tratou de ir saindo, não teve coragem de cobrar aquela visita.

E pela primeira vez, desde o falecimento dela, Antônio sentiu uma enorme saudade da mulher. Não sofrera muito, nem com a doença e nem com a morte, tinha achado desagradável, sentido um pouco de falta, um pouco de saudade, mas o que realmente se chama sofrimento, isso não acontecera. E agora veio, como uma torrente, falava em voz alta o nome dela, chamando-a, procurou por todo o apartamento um retrato. E na casa dele não havia um só retrato da mulher, nem sozinha, nem com ele, nem com o filho, nem com a neta! Que fenômeno estranho era aquele? Podia ao menos ter uma fotografia que ela tivesse deixado, uma identidade, um passaporte que fosse. Do casamento deles. Do casamento do filho. Remexeu em tudo, revirou as gavetas. Telefonou para o filho. Sim, na casa dele havia fotografias da mãe, sozinha, junto com o Antônio, com o filho, com a neta, com a nora, com todos juntos, é o que não faltava. Os documentos estavam lá, identidade, passaporte, motorista. O álbum do casamento da mãe com o Antônio estava lá. Fosse lá domingo almoçar com eles e pegava uma foto.

Havia tempo que esses almoços de domingo na casa do filho não aconteciam. Nas férias era impraticável, o filho, a nora e o neto viajavam, nos fins de semana sempre estavam fora. Naquele domingo Antônio foi lá, almoçou e trouxe um retrato da Alzira. A nora é que tirara, Alzira estava sentada no sofá, usava um vestido azul estampado de verão, azul e branco, tinha a perna direita cruzada sobre a perna esquerda, um esboço de sorriso nos lábios finos e levava ao pescoço o broche de ouro que Antônio lhe dera no aniversário. A fotografia fora tirada dois meses antes de ficarem sabendo do câncer.

Antônio, como sempre, continuou almoçando no mesmo restaurante. Gostava do domingo porque era o almoço das famílias, vinha o pai e a mãe com a filha e o namorado, ou genro e nora, e as demais variações possíveis sobre o tema. Antônio, sozinho, do lugar dele, tentava desvendar de longe se o casal de senhores eram os pais da moça ou do moço. Na mocidade lera alguns contos de Sherlock Holmes e entusiasmara-se pelo método dedutivo do detetive. Por vezes havia uma semelhança evidente que dispensava as deduções. A filha era a cópia da mãe. Mas geralmente era preciso uma observação acurada. Da maneira de olhar, de falar um com outro. Como o restaurante era o mesmo, as novidades não eram muitas, mas não havia mês em que não aparecesse um novo grupo familiar, ou dois, oferecendo-se à investigação. Ao final do almoço Antônio chamava o garçom e pedia a solução que

lhe era dada imediatamente ou após averiguação. Tinha um índice de acerto de oitenta por cento.

Quando o Natal ia chegando o restaurante enchia-se de grupos, ou comemorando o fim do ano, ou planejando as viagens de férias, todo mundo confraternizando. Falavam alto, riam muito, entregavam-se mutuamente presentes, envolvidos em papéis coloridos, desembrulhados com exclamações, o papel colorido da embalagem farfalhava: naquele fim de ano, no calor de dezembro, com a fotografia da Alzira no bolso, Antônio começou a soluçar já no restaurante, voltou depressa para o seu apartamento, pegou no retrato, beijou-o, e chorou convulsivamente.

Mais que a vida

Não aos fantasiosos arrebiques de amor, não aos donairosos torneios feitos para o passatempo de uma noite, mas o amor que atropela a vida, inesperado, ingovernável, um motim no coração, e nada que o detenha, venha a desgraça ou o deleite

(*Shakespeare Apaixonado* – O filme)

E pensar que o meu grande amigo se matou por causa dessa mulherzinha.

Convivendo desde a adolescência com o Hans, e chegando os dezoito anos, eu sentia claramente que ele tinha uma personalidade sólida, muito bem estruturada e de raízes bem plantadas.

As suas manifestações eram muito sóbrias, mas ele sabia expressar com ênfase a alegria ou o descontentamento. Eu sempre fui um dispersivo, só diante de desafios extremos é que consigo arrancar lá do fundo súbitas concentrações. O Hans, ao contrário, seguia as aulas com um nível de concentração sempre igual, e quando chegavam os exames ele já tinha assimilado gradualmente as informações e o esforço para relembrar era pequeno. E eu acabava estudando nas anotações que ele tinha feito durante o ano, muito claras, só o necessário. Campeão colegial de *ski* não se vangloriava de suas medalhas. E tinha uma qualidade que todo moço saindo da adolescência gostaria de ter: as mocinhas o achavam muito atraente, pulavam no seu pescoço. Ele era alto, forte, bem-apessoado, mas havia outros sujeitos assim e a eles não acontecia. Naquele tempo a gente chamava isso de ter um *it*, hoje se diria *sexy*. Não é difícil perceber quando alguém nasceu para galã, é só ver o brilho dos olhos das mulheres que olham para ele. O Hans, apesar daquele grande nariz, compunha uma bela aparência de homem, uma espécie assim de *feio-belo* tipo Jean-Paul Belmondo. Logo arrumou uma "namorada firme" em um pensionato e era fiel, não corria atrás de saia.

No primeiro ano do Hans naquele internato da Suíça francesa, nós estávamos em classes diferentes, eu andava com uma turma mais velha, que fez a *Maturité* e foi embora, ou andava com a turma do futebol, que ele não jogava e nem gostava, ou a minha turma de latinos. Depois ficamos na mesma classe, naquele funil da classe 9, que levaria à classe 10 e à *Maturité Féderale* (exame de conclusão do curso secundário) e começamos uma grande amizade. Aquelas imensas amizades da adolescência e da primeira mocidade.

Quando os internos chegavam à classe 9 a disciplina sobre nós moderava muito, quase completamente, ninguém mais vinha ver se estávamos estudando ou se o quarto estava em ordem. À noite, depois do estudo, era uma hora boa para conversar.

Numa dessas conversas noturnas ele me confessou que era amante da madrasta. Muito mais que amante, os

dois eram loucamente apaixonados. A madrasta, segundo casamento do pai, um próspero advogado de Berna, era muito mais jovem que o pai, estava mais perto da nossa idade do que a do pai. E ele adorava o pai, era um ótimo pai, um senhor (eu conheci) culto, inteligente, sensível e muito amoroso com o filho.

Nós já tínhamos passado da adolescência, embora ainda verdes, vivíamos imersos naquela cultura literária francesa, que nos leva automaticamente ao horror do melodramático, e achei que não havia nada de muito especial naquilo: um velho bota uma mulher novinha para morar na mesma casa que um jovem imaturo, bonito e *sexy*, só podia dar nisso. Nem era muito original. Achei, como qualquer um acharia, que o ponto mais delicado ali era o imenso amor que ele tinha pelo pai, o pai por ele, e o remorso que torturava o Hans. A tal mulher era um elemento secundário, acidental. Enfim uma história que já tinha sido escrita mil vezes, e que estava naquele momento se repetindo em milhares de lares pelo mundo.

E foi o que eu disse a ele. Com certo desapontamento ele viu aquela grande paixão ser banalizada, como toda pessoa que vê um ato de seu livre-arbítrio ser colocado numa estatística.

– Você está errado, esta mulher para mim é mais importante do que a vida. No ponto do remorso você acertou.

– Entendi agora a força que você fez para se apaixonar por essa mocinha do pensionato – eu disse.

Os meses foram passando e o meu amigo continuava com o mesmo bom humor de sempre, a saudável combatividade de sempre, sem nenhuma oscilação, e o amor entre ele a madrasta no mesmo tom apaixonado, ele me dava para ler todas as cartas que recebia constantemente dela, eu aproveitava, naquela fantástica fome que ronda todo aluno interno, para comer uma boa parte das cestas de quitutes (era caviar, presuntos, salmão defumado, os melhores queijos de todos os cantões) que a madrasta fazia chegar às mãos dele. O meu amigo só se despia desse bom humor nas horas noturnas em que me contava as peripécias do caso amoroso onde o seu sofrimento ficava evidente.

Nessas horas eu ficava sabendo das crises de ciúme do Hans. Não contra o pai, mas as imaginárias, contra os amigos mais moços e mais atraentes do pai que visitavam a casa. E como ele submetia a madrasta a cruéis interrogatórios.

Nos fins de semana o Hans, como os outros internos suíços, ia para casa, em Berna. Eu ficava na escola porque morava no Brasil e não podia tomar um Constelation. Mesmo nas férias, o quanto a Europa era barata o Constelation era caríssimo, não havia o sistema de prestações mensais. O meu avô (pois meu pai havia morrido) é que me custeava a Suíça, e ele não era rico, apenas um médico aposentado que fez um bom pé-de-meia. Naquele pós-guerra entre 1945 e 1955 o cruzeiro estava forte e a Europa, devastada, muito barata. A própria Suíça, poupada pela guerra, não ficava cara para um brasileiro. Dava a impressão que viver lá ou aqui a despesa era a mesma. A Itália então era de graça. Ajudava o fato de que como estudante eu me hospedava em hotelzinho barato, geralmente ao lado da estação, comia barato, não fazia luxo, não fazia compra nenhuma, mas mesmo assim a Itália era barata demais. Sempre que podia eu estava lá. Após 1956 o meu querido avô não teria condições de me pagar a estadia na Europa. De um lado a Europa se desenvolveu e ficou mais cara e do outro, aqui no Brasil, a inflação começou a disparada. Em 1952 um dólar estava em torno de vinte cruzeiros, em 1956 beirava os cem e vovô vivia da renda de imóveis cujo aluguel estava congelado.

Num desses fins de semana o Hans me convidou à casa dele. A família se compunha do pai, da madrasta e duas criancinhas que a mulher tivera com outro homem, antes de casar com o pai de meu amigo. O Hans não tinha irmãos. O pai era um homem refinadíssimo, dava atenção ao amigo do filho na justa medida, como o meu avô a meus convidados, a madrasta eu só vi no almoço e no jantar, o restante do tempo desaparecia. Era evidente que tinha muito pouco traquejo social, vinha de uma camada humilde, eu não sabia alemão, a língua que se falou na mesa foi o francês, mas naquele tempo todos os suíços germânicos falavam na pior das hipóteses o francês suficiente para uma rápida conversa (era quase a língua da Europa), mesmo os mais humildes. Mas ela ficou atarefada dando de comer aos dois pirralhos (que gritavam como diabos) e não me dirigiu a palavra. Era miúda, não era bonita. Comparada às luminosas adolescentes que desabrochavam em flor nos pensionatos internacionais de Lausanne, e fascinavam os nossos olhos, aquela insignificante mulher, muda, encolhida, esgrouvinhada, toda lambuzada pelos detritos de suas crianças, afigurava-se lamentável.

Ao voltar para a escola eu concluí que aquele drama não podia ir muito longe. Ela tinha sido um batismo de adolescência para o Hans, agora ele já estava um homem, daqui a pouco entraria na universidade, ela não ia ter mais como caber na história do meu amigo, e o pai não combinava com aquela matuta também, ela ia sobrar. E com uma pensão alimentícia confortável, com certeza uma indenização também.

Dei por provada e resolvida a minha primeira observação: a base sólida de tudo aquilo era o amor entre o Hans e o pai dele.

Fizemos a *Maturité*, peguei finalmente o meu Constelation, todo largo, com cama pra dormir, aeromoça abrindo a cortina e trazendo o café da manhã com *croissants*, no Galeão já matei a saudade do guaraná e em Congonhas minha mãe e minha irmãzinha me esperavam. Vovô tinha falecido faz pouco, minha avó perguntara por carta qual prato eu senti mais saudade: o cozido que você faz, eu respondi. Vovó me esperava na porta, e almoçamos alegremente, aquele cozido da minha vó, a carne que desfiava, a grande couve que se abria no prato, o pirão em profusão, a cenoura, a esplêndida banana cozida, as duas grandes batatas, o repolho, os dois "ovos duros", muita mandioca, muito azeite português lá por cima e moderadamente vinagre também, regados por um Casa da Calçada que vovó foi pegar na adega do meu avô.

Fiz vestibular, entrei na São Francisco, trocava cartas com o Hans, ele, como eu, entrou na Faculdade de Direito (de Zurique), era o caminho dele, ir trabalhar como assistente do pai, servia o exército suíço naquele sistema de três ou quatro semanas por ano, o Hans tinha tudo para ser um bom militar, concentração, perseverança e muita força física, a promoção a oficial estava chegando.

Veio a notícia que eu havia previsto: numas férias em Nice o pai surpreendeu a madrasta e Hans se acariciando. Separou-se da mulher, não guardou nenhuma mágoa do filho, e tomou todas as atenções possíveis para que o filho não se torturasse com remorsos, a culpa fora dele, do pai, de botar uma jovem ali, nas fuças de um adolescente que transbordava energia.

Quase palavra por palavra foi o que o Hans me escreveu. O meu amigo sentia um alívio enorme, a tragédia dele havia terminado. Eu previa esse fim, mas estava demorando demais, dei um suspiro de alívio também. Agora as coisas estavam no lugar e o Destino nos trilhos. Na dinâmica daquele choque de forças, as duas principais haviam prevalecido. O elo descartável jogaram fora. Com alta elegância, com muita classe.

Terminei o Direito, o Hans também, foi ser assistente do pai, eu casei, montei o meu escritório e tinha chegado a hora de dar um pulo à Suíça, visitar meu grande amigo.

Mandei a carta, entusiasmada, dizendo quando ia chegar junto com a minha mulher, relembrando pedaços mais engraçados do tempo do internato e fazendo gracejos com o Futuro, que continuava sendo um brinquedo novo diante de nós.

Dias depois me chegou uma carta da Suíça, não reconheci a letra, virei o envelope e vi que o remetente era pai do Hans.

Minha barriga gelou, aquilo não era bom agouro. Abri depressa. A curta carta começava com uma frase curta:

"Mon seul et unique fils s'est donné la mort". (O meu só e único filho matou-se.)

Uma frase tão eloquente, eu a tenho gravada para sempre no coração como um ferro em brasa.

Fizemos a viagem.

O amigo que nos hospedou em Genebra não sabia de nada. Mas havia um amigo comum a mim e ao Hans que morava na Suíça alemã, em Berna, como o Hans, e tinham feito faculdade juntos, em Zurique, e lá soubemos alguns fatos, acho que os principais.

Depois que a madrasta se separou do pai o Hans levou uma vida universitária normal, orientou-se para trabalhar junto do pai, sempre muito discreto sobre a sua vida pessoal, até que um dia, durante umas manobras militares, o Hans, já oficial do exército suíço, fechou o zíper de sua tenda, deitou-se lá dentro, pegou o revólver e se matou, sem deixar anotação nenhuma. Só aos poucos é que, ouvindo um e outro depoimento, um e outro mexerico, esse amigo conseguiu reconstituir aproximadamente a parte principal do que aconteceu.

Já formado, o Hans procurara a ex-madrasta e lhe dissera que estando ela livre e já assentada pelo tempo a poeira daquele problema doméstico, podiam os dois agora casar e legalizarem diante de todos a enorme paixão de um pelo outro.

O Hans enfatizou que já se desligara do escritório do pai, tinha agora o seu próprio escritório, com alguns clientes internacionais (ele era poliglota), brevemente estaria ganhando muito bem, não havia mais nenhum obstáculo no meio.

Ela respondeu que unir-se ao filho do ex-marido ficaria malvisto pela sociedade de Berna, os filhos iam ouvir zombarias na escola. E recusou.

Logo depois Hans suicidou-se.

Para uma paixão tão grande e tão intensa, que durou tantos anos e superou tantos desafios e que fora colocada num plano de tal exaltação romântica (eu lia as apaixonadíssimas cartas que ela mandava para o Hans), uma resposta assim, colocando as coisas no plano trivial do bom-senso, isso foi uma mudança de tom que o meu amigo não estava preparado para assimilar. Era de repente o fim do mundo.

Achei estranho que o Hans não me tivesse escrito que havia largado o escritório do pai e fundado o seu próprio. Certamente já tinha a mulher na cabeça, devia estar tenso.

Soprava e assobiava um vento frio naquele bonito cemitério suíço. As folhas vermelhas do outono desgarravam-se das árvores. Depositei as flores no túmulo do meu amigo.

Genilza

Amores do passado e do presente
Repetem velhos temas tão banais

(Fernando Lobo – *Chuvas de Verão*)

Eu já não era moço, tinha cinquenta e dois anos, mas estava bem conservado. Encontrei a Genilza em um lançamento numa livraria de Pinheiros, um casal amigo me apresentou, uma mulher bonita e longilínea, cabelos bem soltos, muito graciosa.

O escritor Chateaubriand tem uma frase: "Eu encontrei a minha velhice nos olhos das mulheres". Vários pares de lindos olhos já m'a tinham cruelmente feito encontrar, porém eu ainda estava num terreno limítrofe e os da Genilza foram inesperadamente animadores.

A Genilza estava se queixando do prefeito Jânio Quadros que proibira andar de bicicleta no Parque Ibirapuera, onde ela costumava ir com o filhinho. Eu até comecei a concordar um pouco com o prefeito depois que uma senhora gorda e desajeitada, enfiada dentro de um Adidas azul e branco, me atropelou com a bicicleta dela. Enfim, a coisa podia ser vista por dois ângulos, ou até vários, e eu não iria entrar em polêmica com uma mulher tão atraente por uma questão tão irrelevante. Fiquei ouvindo, o assunto mudou, compramos o livro, pegamos o autógrafo e convidei-a a comermos uma pizza ali perto.

Comemos com apetite, em dado momento as nossas mãos se juntaram, e fomos conversando. A Genilza tinha 38 anos, era divorciada e vivia com o Alfredo, o filho de dez anos. Eu também era divorciado, as minhas filhas, a Sônia e a Ana Maria, bem mais crescidas, moravam com a mãe e o padrasto. A Genilza resolveu dormir no meu apartamento e, do telefone da pizzaria, avisou o filho que ia dormir fora. Não discutiu, nem deu ordens autoritárias, um aviso carinhoso mas sem hesitações, sem remorsos, sem "medo de contrariar", onde eu percebi a marca de um bom respeito com disciplina que existia entre a mãe e o filho.

A Genilza ajustou o despertador, acordou cedo, ia trabalhar, era jornalista, me deu um beijo e convidou-me para jantar no apartamento dela no dia seguinte.

Eu fiquei muito entusiasmado, custou a passar aquele dia e mais o outro, até que chegou nove horas e toquei a campainha do apartamento da Genilza. O Alfredo abriu a porta, me fez entrar e gritou para a mãe que estava na cozinha:

– Mãe, o Ricardo chegou.

A Genilza gritou de lá que estava no meio de uma fritura mas vinha logo me dar alô.

Sentei numa poltrona. O apartamento era decorado sobriamente, com coisas de qualidade, nada era vulgar, mas se via que a dona não se preocupava com detalhes decorativos especiais. Dessas casas onde uma "decoradora" nunca botou o pé. O Alfredo sentou no chão, em frente a mim, e disse:

– A mãe falou que você espalha fósforo apagado no chão da cozinha. A gente anda pisando em fósforo apagado.

– Se eu acendo o fogão e jogo o fósforo na cesta do lixo, dentro daquele saco plástico, a minha casa pega fogo – respondi.

– Por que você não apaga o fósforo antes?

– Eu apago, eu sopro, o fósforo apaga, mas sempre pode ficar uma brasinha. No chão, em cima do ladrilho, apagado ou aceso, o assunto está terminado.

– Você não usa o acendedor?

– Ele é elétrico, deu problema na tomada – eu falei.

– Faz tempo?

– Mais de um ano – eu disse.

A Genilza veio da cozinha, de avental, me deu um beijo e falou que ia servir o que eu pedi: rosbife, montanhas de batatas fritas, ervilha, feijão e arroz com farinha de mandioca. Foi para o quarto e logo apareceu, já vestida e arrumada, sem a cara afogueada da cozinheira, usando uma blusa vermelha de gola grande e as suas mãos finas e longas puseram a mesa e foram nos servindo.

– Gosto muito do seu penteado – eu disse, e não era elogio, era verdade: tinha uns fios que lhe caíam diante dos olhos, ela os afastava com as costas da mão, ora devagar, ora depressinha, os fiapos voltavam, ela afastava de novo.

– A Luiza é aqui pertinho – ela disse – Vou na Luiza desde criança, ela chegou a fazer o cabelo da minha vó, você acredita? O Alfredo vai lá também.

E olhando fixamente para mim:

– O seu cabelo está bom, eu gosto, mas você deixou uns pelinhos saindo fora do nariz. Depois eu corto.

– Esqueci o nome do filme – eu disse – É um filme antigo, o agente americano ia se infiltrar na Rússia, ia pas-

51

sar por russo, assumir a identidade de outro, e estava tudo pronto, meses de trabalho, memorização de todos os lugares da pseudoinfância, da juventude, tudo, e na hora em que ia passar a fronteira alguém deu um grito: não pode ser hoje, suspende tudo, vai ter que esperar uns dias até o pelo sair fora do nariz.

– Qual o motivo? – falou Genilza.

– Russo usa por causa do frio violento – eu disse – O tufo de pelos faz uma barreira térmica na entrada do ar. Pelo menos essa era a explicação do filme.

– Aqui no Brasil você não precisa – disse o Alfredo.

– É o que a sua mãe diz – falei eu.

– Então por que você deixa? – disse o Alfredo.

A Genilza veio em minha defesa:

– Ele não deixa, querido, o pelo vem.

A frase da Genilza é o que se chama de uma astúcia escolástica feminina, não mudava nada, a minha situação ficava na mesma, mas foi um movimento estratégico de solidariedade. O Alfredo sentiu o golpe, levantou-se, caminhou até o meio da sala, pegou uma revistinha na mesinha de centro, acho que era do tio Patinhas, e voltou. Encheu o prato de fritas, colocou a revistinha do lado esquerdo, e desligou-se da conversa, ia pegando batata com a mão direita e virando as páginas com a esquerda.

Repeti o rosbife pela terceira vez, a faca grande estava bem afiada, ficava fácil conseguir as fatias finas.

– Estou me fartando – eu falei – Depois que moro sozinho eu nunca janto, só faço lanche: fatia de melão, maçã, laranja e chá com pão e manteiga.

– É que você almoça no restaurante – falou Genilza – Já eu e o Alfredo o almoço é na correria, o fim é mastigado na rua, no caminho do colégio dele.

A Genilza disse que estava fazendo uma matéria sobre etiqueta. Tinha entrado na moda os executivos procurarem aulas. Não havia novidades, era aquela história de garfo passando da esquerda para a direita, como se come lagosta e o resto do repertório.

– A tigelinha com a lavanda é uma coisa familiar da minha infância – eu disse – Na casa do meu avô tinha diariamente entre nós, não precisava ter convidado. A gente sempre apostava sorte com o osso em forma de forquilha do peito da galinha, cada um puxando para um lado. Havia regras, tinha um jeito de pegar que favorecia mais, era proibido.

Ela se animou e disse:

– Vamos apostar nós dois um dia?

– Tem outra coisa – eu falei – O meu avô dizia que é de bom-tom olhar nos olhos de quem está falando com a gente, mas não olhar fixamente, olhar suavemente.

Ela me olhou suavemente, ternamente, irresistivelmente, e perguntou:

– Assim?

– Assim não vale, assim é demais, assim é sedução.

Rimos, felizes, estávamos felizes.

Veio a sobremesa, ela serviu o café, na mesa mesmo, o Alfredo deu boa-noite e foi para o quarto dele assistir televisão.

Sentei-me na confortável poltrona da sala, a Genilza ajeitou-se no meu colo, colocou um braço em volta do meu pescoço e acendeu um cigarro Charm. Era daqueles *long size*, que ela ficou segurando com a mão livre. Aquela mão comprida, delgada, helênica, desenhava graciosos movimentos no ar, ia para a boca, depois fazia um arabesco na minha frente, descansava no meu ombro, descansava no meu braço, descansava na perna dela, depois fazia um outro arabesco e voltava suavemente o cigarro aos lábios.

– Quer dizer que eu jogo fósforo no chão?

A Genilza fez um sorriso feliz e me deu um beijo enfumaçado na boca.

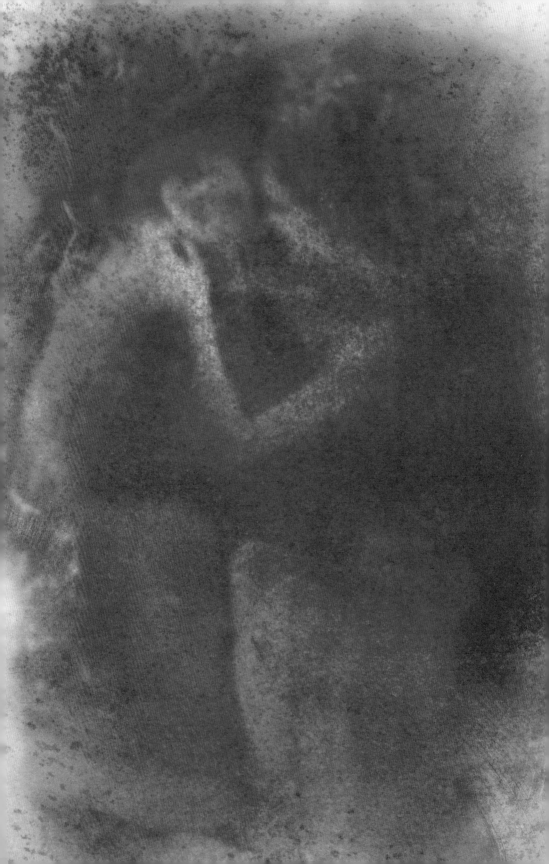

O mistério do engenheiro alemão

Naquela manhã ensolarada o senhor Adalbeirão de Souza acordou triunfante.

Ele era um velho pedreiro aposentado, vivia abichorrado, sentado na porta, e naquela manhã acordou para mostrar a sua valia. Esquentou o ferro, passou a camisa, engomou o colarinho, desmurchou o chapéu, colocou no sol para tirar o mofo, engraxou o sapato, colocou liga na meia, catou o Prissilo e foi para a guerra.

O Prissilo, neto do senhor Adalbeirão de Souza, tinha uma audiência na Justiça do Trabalho e o avô resolvera não contratar advogado (o que naquele tempo era possí-

---

Nota: A inspiração deste conto teve como ponto de partida o conto "O avô do Prissilo" publicado em 1983 no livro de contos *Pai Mental e Outras Histórias*. Aqui usei apenas o começo daquele conto, o corpo restante, o desenvolvimento e a essência desse conto atual são totalmente novos e independentes. É um outro conto.

vel) indo só ele representando o menor. Um mês atrás comparecera com o Prissilo na "verbal", o funcionário redigiu a queixa e marcou a audiência para hoje.

O Prissilo tinha quatorze anos, mas era miúdo, representava dez. Vestia camiseta nova e sapato novo: a tesoura da mãe lhe deixara o cabelo que parecia caminho de rato.

Acontece que o senhor Adalbeirão de Souza, tirando fora aquela viagem para a queixa verbal, há quinze anos não punha o pé fora do seu bairro.

Tomaram três conduções, vieram pela calçada da Avenida Ipiranga e pararam em frente ao prédio da Justiça do Trabalho, a multidão entrando e saindo, parando, conversando, discutindo. A batalha estava próxima, o sr. Adalbeirão de Souza sentiu um frio no estômago e pequenas gotas de suor umedeceram as suas mãos.

– Treze e quarenta, Prissilo. Tem meia hora para a audiência.

Um sujeito gordo, uma dobra da barriga saindo pela cintura, observou a perplexidade do senhor Adalbeirão de Souza.

Era um paqueiro.

Advogados sem escrúpulos mandam o paqueiro para a calçada com a missão de pegar os reclamantes desprevenidos e levá-los ao escritório deles.

O advogado cobra um absurdo do operário e paga ao paqueiro uma taxa por "cliente laçado". O paqueiro abordou o senhor Adalbeirão de Souza:

– O senhor tem questão na Justiça?

– É meu neto, esse aqui.

– E vai sem advogado? – disse o paqueiro – Reclamante sem advogado perde. Isso é sistemático. O escritório do doutor Tufique é ali, eu levo o senhor. Com ele é questão garantida. Não basta conhecer lei, é preciso conhecer o

Juiz Presidente, ser amigo do Juiz Presidente, o senhor sabe disso. Digo em cooperação, não quero influir.

O senhor Adalbeirão de Souza, assustado, sem ação, foi sendo levado pelo braço para a espelunca do doutor Tufique. O Prissilo ficou parado na calçada, não se moveu.

– Venha menino – disse o paqueiro – Se você não comparece o Juiz Presidente assina um arquivamento.

O Prissilo pensou um pouco e falou alto:

– Larga o braço do meu avô! Você é paqueiro, tenho um colega da firma que caiu nesse conto.

– Os patrões espalham as coisas – disse o paqueiro – Os patrões têm ódio do doutor Tufique.

– Então eu vou chamar aquele guarda ali – disse o Prissilo.

Foi falar em guarda que o paqueiro largou o senhor Adalbeirão de Souza e se enfiou na multidão, a dobra da barriga balançando. O senhor Adalbeirão de Souza aproximou-se do neto e viu no olho do menino que a admiração do neto por ele tinha diminuído. Se diminuiu quase até o fim, se diminuiu só até o meio, não tinha como medir, mas o avô não era mais o herói do neto.

– O Prego falou para o senhor ir no sindicato – falou o Prissilo – O sindicato punha um advogado de respeito. O senhor teimou, ah!, vovô, o senhor teimou.

O senhor Adalbeirão de Souza se segurou nas abas do chapéu, igual se se pendurasse nele, olhou em volta, procurando alguma coisa.

– Espera um pouco Prissilo, vou tomar uma água.

Atravessou a avenida, chegou ao balcão do bar, umas advogadas bonitas e gesticulantes tomavam café e falavam de mexerico e coisa processual. O senhor Adalbeirão de Souza tomou uma cachaça, depois mais outra e voltou para junto do Prissilo. Entraram na fila do elevador.

A fila era imensa, saía pela calçada, debaixo do sol, andava devagar.

– O Prego e o Zé chegaram, vô.

Eram as testemunhas do Prissilo. O Prego era um rapaz bem novo, cabeludo, barbudo, de jeans, desses sujeitos magros e espichados, sempre desequilibrando o corpo, como se não tivesse centro de gravidade.

Se deram oi.

– Olha lá, olha lá – falou o Zé – O Meio-Quilo veio de sapato, meu. Sapato de cadarço.

– O nó dele – falou o Prego – Dois oito que nem biscoito.

O Prissilo se aliviou, a presença dos amigos dava uma segurança, eles não se assustavam com a multidão, com o trânsito barulhento, com aquele prédio enorme. Pra eles o mundo era tudo mesma coisa. A fila foi andando, na direção da porta do elevador.

Estavam a cinco passos da porta quando o Prego falou:

– Quer ver o meu palpite na Esportiva? Tive uma inspiração.

O Prissilo e o Zé quiseram ver. O Prego decidiu mostrar "antes" porque das vezes que não mostrou ele perdeu e uma vez que ganhou, embora pouco, faz um ano, mostrou antes.

O Prego foi tirando a carteira profissional do bolso. Calça jeans é apertada no traseiro, é muito difícil tirar um volume de lá (e a carteira profissional do Prego era um pastel, estava recheada de coisas), tem que fazer uma posição com a coluna, enviesar uma perna, levar o cotovelo até certo ponto, apertar os dedos na altura precisa da coisa, e pum!, a carteira profissional do Prego deu um pulo, abriu-se, farfalhou no ar, e tudo que havia lá dentro se espalhou no chão: fotografia de mulher pelada, recortes de "precisa-se", recibos, canhotos, marcação de jogo de bicho, notas, camisinha, moedas, e a marcação da Loteria Esportiva, que era o objeto da operação. Teoricamente haveria um elástico em volta da Carteira Profissional, para segurar tudo aquilo, mas já se ressecara há muito tempo, nem o dono lembrava mais dele. O Prissilo, o Zé e o Prego ficaram gatinhando no chão recolhendo as coisas, a porta do elevador abriu, o senhor Adalbeirão de Souza foi empurrado para o elevador e subiu sozinho.

Finalmente todos subiram, o senhor Adalbeirão de Souza já estava no andar correspondente. Cada Junta tinha uma sala de audiência, uma secretaria e uma sala de espera: eram duas Juntas por andar. Os advogados geralmente ou ficam na secretaria, examinando processos e conversando ou na sala de audiências, assistindo à função. Os moços ficaram de pé no saguão entre o elevador e as salas. O senhor Adalbeirão de Souza sentou no banco comprido de madeira da sala de espera, onde nove operários esperavam a vez de serem chamados.

Um moço desdentado, debruçado para a frente, mexendo os cotovelos, dizia raivoso:

– Você vê, eu sou ponte-rolante, não sou ajudante. Quem é ponte-rolante é ponte-rolante. Ou não é ponte-rolante? Então eu falei que não fazia.

Um velho, muito velho, desistido da vida, que piscava muito o olho, só olhava para o chão, não referia nada, só falou:

– Coleção de desgraça, isso que eu sou.

Um, que estava acompanhado, parecia estar continuando uma conversa, sem relação com o caso judicial de agora:

– Houve esse inesperado, o marido da Olívia rente na minha porta, firme na minha porta, vai que ele grita e eu assusto, ele vinha chinelado, língua solta, comendo quente, jogando suspeita, me dando murro, fiquei meio apavorado, pulei uns muros, o marido atrás de mim, caso que nunca aconteceu, fiquei francamente espantado.

O senhor Adalbeirão de Souza, encostado no banco, o chapéu nos olhos, cochilava de leve, embalado na toada dos operários falando.

O Paulo, o chefe do pessoal, que despediu o Prissilo, saiu do elevador junto com o advogado da firma e uma testemunha: o engenheiro Wagner Schultzer. A Martinha, nutricionista da empresa, estava só acompanhando, tinha vindo fazer umas encomendas no Mercado Municipal e queria aproveitar a carona de volta. O engenheiro Schultzer foi para a sala de testemunhas, o advogado para a sala de audiências, mas o Paulo e a Martinha ficaram de pé no saguão, fazendo rodinha com o Prissilo, o Prego e o Zé.

– Você vai bem Meio-Quilo? – perguntou o Paulo.

– Melhor do que você.

– O que não é difícil – disse o Prego.

O Paulo riu simpaticamente e falou:

– O seu pai não veio?

O senhor Adalbeirão de Souza acordou do cochilo, endireitou o chapéu na cabeça e gritou lá do banco:

– Avô não tem nulidade! Gostaria que o senhor me dissesse onde está a nulidade.

– Não altera avô – pediu o Prissilo – O Paulo está conversando mais eu.

O Prego chegou perto da Martinha e falou:

– Martinha, você já mostrou a sua coisinha?

A Martinha fez uma cara brejeira e falou:

– Um dia, daqui a muito tempo, perto do fim do mundo, você vai ser homem.

– Quando aparecer aquele cometa – falou o Zé.

Chamaram a audiência do Prissilo.

Naquele tempo a audiência trabalhista era assim: o Juiz Presidente sentava na cabeceira da mesa, o Vogal dos

Empregados sentava à esquerda do Juiz Presidente, em seguida vinha o representante legal do reclamante (senhor Adalbeirão de Souza) e finalmente o reclamante (Prissilo). À direita do Juiz Presidente sentava o Vogal dos Empregadores, depois o advogado da firma, depois o preposto da firma (o Paulo). Quando o reclamante não estava representado por advogado esta ausência era suprida pelas perguntas do Juiz Presidente e, eventualmente, dos Vogais, que podiam perguntar mesmo se houvesse advogado.

Ao lado do Juiz Presidente, à direita, numa mesinha, sentava a datilógrafa e, em frente à cadeira dela, as testemunhas ou pessoas a serem inquiridas. Junto às paredes da sala de audiência havia cadeiras onde costumavam sentar os advogados que esperavam a vez, os advogados que só queriam assistir, ou estudantes de Direito em fase de aprendizado. As testemunhas esperavam lá fora, não podiam ouvir o que foi falado antes de serem chamadas. Uma boa parte disso continua igual, em outras houve mudanças.

O Juiz Presidente, vestido com simplicidade (mas sempre de gravata e paletó) escrevia o fim do rascunho de uma aula que ia dar de noite numa faculdade da periferia. Todos fumavam, o Prissilo achou um cinzeiro bonito, grande, todo transparente, puxou para perto dele, o Vogal dos Empregados, recolocou o cinzeiro no lugar, curvou-se perto do ouvido do Juiz Presidente e disse:

– O avô do menino está exalando pinga. É bom deixar o guarda avisado.

O senhor Adalbeirão de Souza tinha o ouvido bom. Pulou da cadeira e gritou:

– Cheiro não é comprovante! Leis é leis! Só tomei duas, assim, curtinhas, exijo uma dosagem alcoólica. Feita pelo Instituto! Eu advirto que não compareci na Justiça para ser poucado. Dosagem do Instituto!

Esse Instituto era um mistério, ninguém tinha ouvido falar ainda. O Juiz Presidente, pela primeira vez, se manifestou:

– O senhor se acalme, o senhor vai ser respeitado. O senhor é um homem decente. Concordo com o senhor: cheiro não é documento. Para mim o documento que conta é não perturbar a audiência, não fazer confusão. Se o senhor fizer confusão eu mando prender.

O Prissilo encostou a cabecinha dele no ombro do avô e falou:

– Vô, se acalme-se vô. O senhor está estragando tudo!

O Vogal dos Empregados tinha sido eleito recentemente, queria mostrar serviço. O Juiz Presidente, experimentado com a agitação daquelas multidões que passavam na sua frente há vários anos, já tinha tirado uma linha do senhor Adalbeirão de Souza. Cidadão pacato, honesto, só um pouco extravagante, não ia dar trabalho. Puxou uma folha do caderninho de anotações, escreveu e passou ao Vogal:

"Não se preocupe com o velho. Conheço o tipo. Fácil de controlar. Deixe comigo."

Esse bilhete foi passado, o Vogal leu e guardou no bolso. Em seguida acendeu um cigarro.

– O advogado da reclamada pode produzir a sua defesa – disse o Juiz Presidente.

O texto foi entregue e, como o reclamante não tinha advogado, a defesa foi lida em voz alta para ele e seu representante legal.

Vamos tirar fora a fraseologia jurídica e as formalidades de identificação de cada um, e fiquemos com o resumo da coisa.

A empresa alegava que o Prissilo reincidira pela terceira vez em colar cartolinas com dizeres depreciativos e de menoscabo nas costas da jaqueta do engenheiro Wagner Schultzer, escritos de maneira clara e bem visível, o qual ficou andando pela firma com aquelas frases nas costas, expondo-se ao ridículo, além da perturbação da ordem e da concentração no trabalho que aquela algazarra causou.

O primeiro papel dizia: EU SOU CORNO

O segundo: EU SOU CRETINO

O terceiro: EU SOU OTÁRIO

O advogado salientava que a firma teve em consideração o fato de o reclamante ser menor, ter quatorze anos, ser imaturo, possuir a natural alacridade da adolescência, e que a reclamada estava ciente que aceitar um empregado nessa idade incluía um ônus de tolerância e um encargo educativo, diferentes dos que se aplicam a um adulto. A reclamada tem um convênio com o SENAI e o aprendizado profissional do reclamante era feito sob rigorosa fiscalização daquela entidade. Porém a tolerância da reclamada não poderia ser infinitamente larga ao ponto de conflitar com a própria definição de empregador descrita pela CLT. Em nenhum momento a reclamada tentou caracterizar os menoscabos redigidos pelo reclamante como atentados à honra e dignidade do engenheiro Wagner Schultzer. Eram pilhérias, para fazer rir e não parece ter havido a intenção de personalizar a vítima, podia ter sido o engenheiro ou um outro. Depois da primeira cartolina o reclamante foi advertido, o seu pai foi chamado e pacientemente informado. Depois da segunda cartolina, pouquíssimo tempo depois, foi novamente advertido (pois a reclamada não tem nos seus usos a pena de suspensão) e o pai sendo chamado, por duas vezes não compareceu, ocasião em que a reclamada enviou pessoalmente à casa do reclamante tanto o sr. Paulo, chefe do pessoal, como a sra. Clara, psicóloga da reclamada, com pós-graduação sobre a "Profissionalização do Menor", sendo o pai, a mãe e o próprio avô do reclamante alertados sobre as implicações do caso. Esse nosso desvelo e essa visita ao lar do reclamante pareceram ter sido um êxito. O tempo foi passando e não houve mais cartolinas nas costas do engenheiro Wagner Schultzer. Tudo voltara à normalidade. Acontece que dois meses depois apareceu a cartolina do OTÁRIO nas costas da jaqueta do engenheiro Wagner Schultzer, escrita de modo inegável com a caligrafia do reclamante Prissillo. Em suma, as costas do ilustre engenheiro Wagner Schultzer tinham sido transformadas pelo reclamante em um Parque de Diversões, numa Disneylândia Ambulante.

Essa era a substância. Seguia-se uma pequena descrição do ambiente de dispersão e fuga da atenção profissional que foi crescendo contagiosamente com a reiteração das cartolinas. Falava também do palpável perigo de o reclamante, com os seus atos ousados, transformar-se num sedutor líder de "contestação juvenil" a atrair seguidores.

A reclamada, segundo a legislação vigente, negava-se a pagar aviso-prévio, 13º salário, férias proporcionais, negando também os 10% de prêmio referentes ao FGTS. O saldo de salários e as férias vencidas estavam à disposição nesse ato.

O senhor Adalbeirão de Souza ouviu a inteligente defesa de um advogado bom e ficou muito arrependido de não ter seguido os conselhos da filha, do genro e do Prissilo. Devia ter levado o caso ao sindicato, e ele havia cismado de ganhar sozinho.

"Como é que eu vou peitar com um homem desses?" – pensou o velho. Encolhido que estava se encolheu ainda mais. Não era só a boa defesa do advogado, era aquela pompa toda em volta, Juiz Presidente, Vogais, datilógrafa, um advogado, todos com o olhar penetrante e seguro, aquela mesa enorme, as cadeiras enormes, ele tinha imaginado uma coisa diferente, mais ao modo dele, mais no mundo dele. Às vezes ele imaginava a audiência com todo mundo levantando e xingando, apontando o dedo, e ele, Adalbeirão de Souza, levantando e gritando mais que os outros, gritando como um campeão.

O Prissilo recolheu o dinheiro do salário e das férias vencidas. O primeiro impulso do senhor Adalbeirão de Souza foi proibir de receber, proibir de assinar, podia ter uma "quitação final, geral, rasa, plena, irrevogável, ampla e irrestrita para nunca mais pedir, seja a que título for" embutida naquilo, ele ouvira falar nisso, até decorou as palavras. Mas agora estava desnorteado, fora de situação. Queria chorar, queria chorar muito.

– Depoimento pessoal do reclamante Prissilo B. de Souza – anunciou o Juiz Presidente – Você não é testemunha, o seu depoimento é apenas informativo, só fica valendo o que você falar contra você.

O Prissilo levantou, deu a volta atrás do Juiz Presidente e foi sentar do outro lado da mesa, em frente à datilógrafa.

O Juiz Presidente mostrou as três cartolinas e perguntou:

– Você escreveu isso aqui e colou nas costas do dr. Schultzer?

– Não – disse o Prissilo. – Escrevi as duas primeiras, "sou corno", "sou cretino". Essa última do "otávio" eu não escrevi. O Prego falou que foi a Martinha.

– Não é otávio, é otário, você sabe o que quer dizer otário?

– É uma espécie de sistema de viado?

– Eu é que pergunto – disse o Juiz Presidente.

O Vogal dos Empregados dirigiu-se ao Juiz Presidente e falou:

– Excelência, minha sugestão é que as partes sejam convidadas a usar palavras mais próprias.

– Sr. Vogal – disse o Juiz Presidente – esta Justiça é a casa do povo, não vou inibir as suas expressões. A transcrição do que eles falam é feita por mim, eu dito a ata, e sei muito bem manter um tom de decência, desde que não prejudique a essência dos depoimentos. O sr. Vogal está chocado, pode requerer audiência a portas fechadas com segredo de Justiça. Mas eu vou negar.

O Vogal acendeu outro cigarro e trouxe o cinzeiro bonito mais para perto dele.

A doutora Suelly, que estava sentada com outros advogados nas cadeiras costeando a parede, deu uma gargalhada. O Juiz Presidente deu um tapa na campainha e a doutora Suelly se recompôs.

Um advogado de reluzente careca, escondido atrás de um *Jornal da Tarde*, aberto inteiro na frente dele, fechou o jornal e começou a assistir à audiência.

O advogado da firma pediu a palavra e o Juiz Presidente concedeu.

– Excelência, com a devida vênia, eu já disse na minha contestação que a reclamada nunca se preocupou com a exatidão gramatical do reclamante e sim com a intenção de chacota e de deboche. Que ele ache que otário é "Uma Espécie de Viado" ou que otário é otário, o deboche é igual. Parece muito claro que o reclamante não sabe o sentido da palavra "otário", mas sabe muito bem que é uma palavra depreciativa. Isso ele sabe.

– Acho que sei – interrompeu bruscamente o Prissilo, agitando um braço – Tem a ver com "mongol". Acho que "otávio" é um "mongol", mesma coisa.

Mas o Juiz Presidente deferiu o pedido da empresa e disse:

– Tem razão o ilustre patrono. A pergunta fica sem efeito e a resposta prejudicada. Não constarão dos autos. O que vai constar é a negação de autoria da terceira cartolina e a afirmação de atribuí-la à Martinha.

O Juiz Presidente ficou olhando demoradamente para as três cartolinas, passou-as para os vogais. A caligrafia do OTÁRIO era exatamente a do CRETINO e a do CORNO, a mesma pessoa escreveu as três. O convencimento de que a empresa tinha razão fortificou-se. O excelente Juiz Presidente mantinha o espírito aberto mas a tal de Martinha caindo de paraquedas nessa novela parecia realmente encaixar-se no mundo das fantasias infantis que estavam dando a nota nesse processo. O Juiz Presidente continuou perguntando ao Prissilo:

– Você diz que o Prego falou que a última cartolina foi escrita pela Martinha. Quem é o Prego?

– Meu colega, ele chama Alcides.

– Ele contou isso para a empresa, para o chefe?

– O Prego falou que só ia falar aqui, na frente da Justiça, não ia falar pra mais ninguém – disse o Prissilo – Aqui ele ia botar a mão na Bíblia e dizer o verídico, "perante os homens".

– Você se defendeu sobre a terceira cartolina? – disse o Juiz.

O Prissilo meditou um pouco e falou:

– O seguinte é esse, o Paulo não perguntou nada, então eu pensei assim: se dane-se!

O Juiz Presidente voltou a achar que a empresa estava certa e que aquela simpática criança estava misturando fantasia com realidade. O depoimento do Prissilo foi encerrado e começou o interrogatório do preposto da reclamada.

O Paulo sentou diante da datilógrafa, sempre com aquele ar à vontade e simpático.

– O reclamante reconheceu o CRETINO e o CORNO?

– Perfeito.

– E o OTÁRIO?

– Não foi perguntado – falou Paulo – a identidade da caligrafia era evidente. A sequência dos fatos dispensava inquérito. Além disso o Prissilo viu a cartolina, sabia da acusação, e não negou.

Os vogais não tinham perguntas para o Paulo.

– Primeira testemunha do reclamante: sr. Alcides Oliveira dos Prazeres.

Era o Prego, o advogado da empresa já sabia do fato, havia estudado o processo no escritório dele, mas para matar a dúvida perguntou ao Paulo:

– Tem certeza que é maior de idade?

Paulo puxou a ficha do Prego da pasta dele: ele era maior, estava escrito lá.

O Prego entrou na sala, todo alto, desequilibrado, e sentou na cadeira da testemunha.

– Descruze a perna – disse o Juiz Presidente.

O Prego descruzou.

– Abotoe essa camisa, pelo menos até a metade. E tire o chiclete da boca. Estou muito interessado em ouvi-lo, sr. Alcides, falar com chiclete na boca atrapalha. Já estamos tendo certa dificuldade na interpretação de algumas palavras, com chiclete na boca vai ficar muito pior.

O Prissilo teve um acesso de riso, ria, se dobrava, quaquarejava, lacrimejava, levantou o joelho mais alto do que a mesa.

– Eu não guento esse jeito do Prego.

O Juiz Presidente deu um murro na campainha e o Prissilo quietou.

– Quem colou a cartolina nas costas do dr. Schultzer dizendo que ele é CORNO?

– Foi o Meio-Quilo – disse o Prego.

– Meio-Quilo?

– Meio-Quilo é o Prissilo.

Aquele processo estava virando uma coisa sugestiva, o boato ia espalhando pelos corredores, mais advogados iam juntando para assistir.

O Juiz Presidente continuou perguntando:

– E a cartolina do CRETINO?

– Foi o Meio-Quilo – disse o Prego.

– Está bem, o Prissilo colou. Mas quem escreveu as duas primeiras? – perguntou o Juiz Presidente.

– O Meio-Quilo, escreveu na minha frente, tem boa caligrafia, sabe desenhar. Caprichou. Ficaram ótimas. E precisa muita habilidade de colar uma cartolina na jaqueta de alguém que fica andando pela firma. O normal é já ela cair no chão com dois passos. Serviço limpo.

– E a cartolina do SOU OTÁRIO? – perguntou o Juiz Presidente.

O Prego inclinou-se para trás, esticou as pernas, passou uma mão em cada cotovelo e falou:

– A Martinha é que colou nas costas do Chutiz. Quem escreveu não sei.

– Você viu?

– Foi cedinho. Eu estava chegando de bicicleta. O Chutiz estava dentro do carro dele, no banco da frente, beijando a Martinha, ela pôs os braços em volta do Chutiz e pregou a cartolina nas costas.

– Para onde a Martinha e o dr. Schultzer foram depois?

– A Martinha subiu lá no andar dela, ela trabalha no segundo andar, de nutricionista, escolhe a comida, faz as encomendas, fica lá em cima, nunca foi na nossa seção. Eu só vejo ela no refeitório.

– E o dr. Schultzer saiu andando com a cartolina pregada na jaqueta? – perguntou o Juiz Presidente.

– Isso eu vi, trabalho na mesma seção que ele, lá embaixo, ele ficou andando com a cartolina nas costas até que alguém avisou e virou esse caso.

– Era essa cartolina aqui? – disse o Juiz Presidente.

– Não posso dar uma certeza. Minha certeza é que eu vi a Martinha colar a cartolina nas costas do Chutiz. Enquanto beijava, dentro do carro.

– A cartolina do SOU OTÁRIO foi escrita na sua frente como as outras duas?

– Não senhor – disse o Prego – Eu vi o Meio-Quilo escrever na minha frente as duas primeiras.

– Por que a caligrafia das três ficou tão idêntica?

– Isso eu não sei responder – disse o Prego – O senhor devia perguntar isso para a Martinha, ela está aí.

O Juiz Presidente teve uma exclamação de surpresa:

– Ora, a Martinha está presente neste prédio? Veio como testemunha da empresa?

– Não excelência – disse o Paulo – A Martinha não é nossa testemunha, ela está fora do caso, não tem nada a ver, não vamos ouvi-la, ela apenas teve que fazer umas encomendas no centro e no Mercado Municipal e deu um pulo aqui para pegar uma carona de volta.

– Vou ouvir a Martinha como testemunha da Justiça – disse o Juiz Presidente – Senhor Vogal, por favor, avise para ela ficar pronta que vou chamá-la logo após as perguntas que a reclamada e os Vogais queiram fazer à testemunha Alcides. Ela está requisitada, não pode abandonar o prédio sob pena de prisão.

Foram feitas perguntas triviais ao Prego e logo a Martinha foi chamada.

A Martinha, naquela caminhada rebolada que fez da porta até o lugar da testemunha deu para perceber que, apesar de bastante gorda, não deixava de ser atraente, não era dessas gorduras deformantes, nem as cadeiras, nem as pernas eram aumentadas demais, uma gordura dura embaixo de uma pele brilhante e bonita, só um pouquinho da banha é que bambeava na parte superior dos braços, acima do cotovelo. Tinha uma sensualidade estética, um remelexo de baiana de Ari Barroso, ou, como dizia o povo: "coisa que alemão gosta".

Ela sentou, jurou dizer a verdade e começou a ser inquirida.

Negou ter colado a terceira cartolina nas costas do engenheiro, reconheceu ter beijado o doutor Wagner Schultzer no carro, antes de entrar no serviço, o Juiz Presidente foi prolongando o interrogatório, dando uns rodeios, para fazer o tempo passar e diluir a concentração dela.

– Dona Martinha – disse o Juiz Presidente – estamos diante dessa cartolina que parece ter sido escrita pela caligrafia do Prissilo mas cuja autoria é contestada. Uma dúvida dessas não se desfaz só com a gente olhando. O laboratório grafológico da Polícia de São Paulo é um dos mais adiantados do mundo. Exames microscópicos e químicos das caligrafias, da tinta usada, do papel da cartolina, raio X, técnicas especiais, pode até demorar, mas esses exames vão nos dar uma certeza se foi o Prissilo ou não que escreveu essa cartolina e, se não foi ele, vão nos dizer quem foi e como foi feito. Se foi o Prissilo fica por isso mesmo, ele foi despedido, perde uma pequena causa, não cometeu crime nenhum, e vai tocar a vida em frente e ser feliz. Mas se foi outra pessoa isso é crime grave de falsificação, com intenção maldosa de prejudicar terceiro, e vai pra cadeia, perde o emprego, perde o respeito e a vida vai ficar muito difícil. Pense bem, se a senhora contar a verdade nós vamos deixar por isso mesmo. Passamos uma borracha em cima.

A Martinha escondeu a cara nas mãos e começou a chorar.

– O Wagner não tem costume brasileiro, se alguém chama ele numa cartolina de corno e de cretino ele reage pelo costume alemão: sofre muito, não dorme, não come, fica vomitando, fica muito ofendido, na segunda cartolina já ia comprar passagem para a Alemanha e nunca mais voltar. Eu não vivo com ele mas sou namorada, eu assisti, dia após dia, a alma do Wagner sendo envenenada. Ninguém ganha só advertência na Alemanha quando chama engenheiro de cretino. Ele ia morrer de desgosto, disso eu sou testemunha. Cada dia emagrecia visivelmente. Ainda mais que correu o boato que o Prissilo ia demorar para fazer a terceira. Uma coisa sem pé no chão, igual uma nuvem, podia vir logo, podia demorar, cada dia era um mistério. Chegar na empresa com um frio na barriga, dia após dia. O Wagner não ia aguentar, ele ia morrer. É hoje? É amanhã? Ele, por divertimento dele, faz serviço de precisão com coisa gráfica, com fotografia, com coisa química. Então formei essa ideia com o Wagner.

A empresa chegou num acordo, pagou tudo sem precisar sentença, o Juiz Presidente teve uma longa conversa com o advogado e com o Paulo, eles telefonaram para a diretoria da empresa, não despediram o doutor Wagner Schultzer, que era um engenheiro excelente, indispensável para a empresa, igual a Martinha, nutricionista de alta competência, o Meio-Quilo fundou uma oficina junto com o Prego, o senhor Adalbeirão de Souza, já falecido, escreveu um memorial, ainda inédito, sobre aquele processo, com a ajuda e a datilografia de um sobrinho arquivista, o Paulo largou a carreira empresarial e ficou famoso como locutor de futebol na televisão, e eu aqui, velho advogado trabalhista aposentado, que assisti à primeira audiência da minha vida na Rua Rego Freitas, em 1959, fazendo um trabalho de classe para o meu querido mestre e professor Cesarino Júnior, sinto bater uma saudade lembrando dessa Justiça do Trabalho mais calma, mais compassada, mais humana, mais brasileira. Muita água já correu, muito personagem dessa lide já morreu, espero que todos tenham sido felizes.

Ontem choveu

Depois de um noivado muito feliz Amélia casou com José.

Três meses depois do casamento, uma noite, sendo anunciada na televisão a morte do André Malraux, ela comentou casualmente com o marido:

– Eu gostei muito da *Condição Humana*, quero reler, acho que o livro...

Foi interrompida bruscamente:

– *A Condição Humana* não é do André Malraux. *A Condição Humana* é do Somerset Maugham.

Amélia levou um choque. Não pelo erro do marido, o Somerset tem um título parecido, era uma confusão desculpável, o que a chocou foi o tom brusco, irritado, que o José usou. Além de ter cortado a sua frase no meio, com um desmentido abrupto. Três grosserias. Ele nunca havia feito isso, nem nos dois anos de noivado e nem nesses três meses de casamento. Gostava dele, certamente tivera algum problema na empresa, ela não se ofendeu.

Passaram-se dois dias e, no jantar, Amélia falou:

– O meu nariz está escorrendo, sabe, acho que peguei um resfriado com aquela chuvinha de ontem. Esqueci em casa o...

– Ontem não choveu.

Interrompendo a frase de novo, com a voz irritada de novo. E desmentindo de novo. Dessa vez Amélia se esquentou, foi buscar a cozinheira, colocou a testemunha na frente do marido e Maria das Dores confirmou que ontem choveu.

O lamento de Lúcia

Foi nos primeiros anos do meu casamento, época em que as amizades da faculdade ainda fazem parte importante de nossas vidas.

A Lúcia tinha sido muito amiga de minha mulher no curso de letras da USP e morava com o marido no interior. A Helena me disse ao jantar:

– Ricardo, a Lúcia me escreveu dizendo que vinha passar uns dias em São Paulo. Como a tia dela está viajando convidei-a para ficar conosco.

Tínhamos três quartos, o nosso, o da Sônia, nossa filha de um ano, que dormia com a babá, e o meu escritório (que também era escritório da Helena): os visitantes dormiriam no escritório, um no sofá-cama e o outro na cama da babá que seria deslocada para ali.

Eu conhecia o Lucas do movimento universitário (ele formou-se em arquitetura) e com a Lúcia tive um certo convívio quando a Helena e ela cursavam o último ano da faculdade. Guardava uma ótima impressão dela, sempre alegre, sempre com disposição para achar novos programas interessantes, e muito inteligente. No baile de formatura da Helena (que também era dela) estava acompanhada de outro namorado, conheceu o Lucas depois e foi viver com ele em Marília, onde dava aulas, tinha muitos amigos e vivia feliz.

– A Lúcia vem consultar um psicanalista – disse a Helena.

Frequentar um psicanalista já havia virado um hábito rotineiro das pessoas, eu não vi nada de especial, mas a Helena completou:

– Alguns meses antes da formatura o olhar da Lúcia mudou, pouca coisa, só eu que era íntima reparei. Nunca mais voltou ao olhar antigo e, agora, com essa notícia eu tive um pressentimento.

– Você é muito impressionável – eu disse – Vive olhando nas caras que eu faço quando chego e dando interpretação, tendo pressentimentos.

A Helena deu uma gargalhada, me abraçou forte e me deu um beijo.

O Lucas e a Lúcia chegaram, instalaram-se no quarto deles, tomaram banho, depois sentamos todos na sala e preparei os aperitivos. Nós quatro já havíamos perdido aquele jeito gratuito e sem compromisso de estudante, estávamos agora "na vida". Com pouco mais de vinte anos, ninguém tinha jeito de "gente séria", mas terminar a faculdade, acho que é um sentimento forte que fica marcado em nós, é deixar irremediavelmente para trás o ritual escolar que começou no pré-primário (que chamava Jardim da Infância no meu tempo), e foi em frente até o ginásio, do ginásio para o clássico (ou científico), do clássico para a emoção do vestibular, e os cinco anos de faculdade, e o diploma, sempre levando nota, sempre passando de ano, dezenas de amigos no mesmo prédio

sempre ao alcance da mão, igual o tema onipresente de uma mesma sinfonia que vai progressivamente recebendo novos arranjos e movimentos.

Durante o jantar a Lúcia foi brilhante, estava muito espirituosa, fez um balanço geral do destino de cada colega, de cada conhecido, do que estava fazendo, para onde tinha ido, e lembrou com muita vivacidade e emoção de instantâneos passados da vida universitária. Saindo da mesa voltamos a sentar na sala e o agradável bate-papo se prolongou, sempre animado, até depois da meia-noite.

Eu e a Helena fomos dormir contentes e, na conversinha de antes de dormir, eu disse a ela que a presença da Lúcia tinha trazido muita vida e muita alegria para a nossa casa.

– Foi uma ótima ideia convidá-la – falou Helena – Vamos convidá-la mais vezes.

De manhã fomos despertados por uma gritaria. Fomos ver: era na cozinha. A cozinheira gritava, a babá, com a Sônia no colo, gritava também. O chão da cozinha estava coberto de feijão, farinha, pó de café, arroz, açúcar, e a Lúcia, muito agitada, descabelada, atacava-se agora à geladeira de onde ia arremessando fora leite, manteiga, ovos, legumes, frutas, as jarras de água potável, e tudo que estivesse lá dentro.

Pedi silêncio às empregadas, pus a Sônia no colo e aproximei-me do Lucas. Ele estava trêmulo, sem ação, acantoado no fundo da cozinha.

– Nunca aconteceu, nunca – ele repetia – A Lúcia me disse, agorinha, ao acordar, que sabia dos planos de você e da Helena de envenená-la. Ela ouviu nitidamente a Helena sussurrar isso para você.

Ela respirava fundo, soprava ruidosamente o ar que saía, o pulmão arfava muito, subitamente saiu correndo e fechou-se no quarto onde dormira. E começou a chorar e a gritar muito alto:

– Eu perdi a minha natureza. Ah, meu Deus! Eu perdi a minha natureza.

E ia repetindo isso, sem parar, quase que uivando, como que apostrofando o destino. Ela estava fora de si, podia cometer um desatino, arrombamos a porta, ela abraçou-se à minha mulher, colocou a testa no ombro dela e foi acalmando.

Pior que o choque daquela cena, eu senti que ela estava constatando lucidamente uma coisa: quem ela tinha sido não ia poder mais voltar. "Eu perdi a minha natureza." Ou hoje, ou em algum momento recente, quem ela era escapara de si. Talvez, com muita sorte, estabelecesse um equilíbrio, um empurra-empurra, não sei.

O cio nórdico

O médico-chefe daquele grande hospital de São Paulo era um senhor muitíssimo respeitado.

Cuidar da imagem é uma das chaves do sucesso e isso ele sempre cuidou muito. Em parte por natural disposição e uma parte também por uma vigilante força de vontade.

Quando começou a clinicar numa cidadezinha do interior, ainda solteiro, percebeu que algumas mulheres, na dependência que elas ficam, têm facilidade de se entregarem ao médico. Faziam seduções indiretas, algumas eram mais ousadas. Haviam ensinado isso na faculdade, era uma coisa sabida, estão aí os textos sagrados: pede-se a Deus que "não nos deixe cair em tentação" e Deus nos ordena de "não induzir os outros em tentação" e de "não desejar a mulher do próximo". Tudo muito claro, mas uma coisa é a teoria e outra é a vida. Se ele fraquejasse, aquele começo de carreira, que ele queria brilhante, seria prejudicado, a cidadezinha inteira saberia.

Tomou uma decisão: socorrer-se do prostíbulo todas as noites, sem exceção nenhuma. Isso fez uma diferença enorme. Ele estava quase a pique de se deixar seduzir por algumas clientes que de repente não eram nada bonitas e que só "ficaram nítidas" por causa do novo regime. Aquela madame lá, que ele quase pegou pelo pescoço, tinha a boca torta e a perna horrível, cheia de varizes, que agora ele via com muita clareza. Como o grande nariz e os dentes estragados daquela vizinha. A vizinha era coisa fora do consultório, podia ter namorado, quase namorou, mas serviu na cabeça dele como referência de como ele via o mundo "antes" e "depois". As percepções ficaram objetivas.

E assim atravessou ele com sucesso o começo de carreira, depois casou e não precisou mais do regime do prostíbulo. Mudou-se para São Paulo, fez bons relacionamentos, teve sucesso, e aqui o temos com 69 anos, já careca, o físico meio degringolado, alguns filhos, vários netos, chefe de um importante hospital, uma carreira vitoriosa, nenhum escândalo com mulheres, nem mesmo mexericos. Resistira a todas as tentações. Um glorioso fim de carreira.

O nosso doutor, faz algum tempo, observava com curiosidade uma das enfermeiras, senhora de seus quarenta e cinco anos, não se pode dizer gorda, mas também magra não era, enfim, uma senhora bem fornecida de corpo. Às vezes trabalhavam juntos, sempre se cruzavam. Tomado por um delírio febril (talvez uma revolta do metabolismo contra tanta coerção a ele imposta), o doutor havia notado que, duas vezes por ano, a enfermeira entrava no cio. De uma maneira discreta, inconsciente, a postura dela ficava mais estética, mexia os braços e mãos de modo gracioso, a pele adquiria uma estranha e atraente coloração, o timbre de voz ganhava uma ponta de rouquidão muito sensual, o olhar ficava perturbador, os lábios

levemente úmidos, e o peito dela arfava de um jeito diferente, escondendo seios ofegantes. Sobretudo o doutor era atraído pelo odor inebriante que a bioquímica das mulheres solta no ar, quando no cio, só perceptível pelos homens, e destinado à perpetuação da espécie.

O doutor consultou a ficha dela e viu que a mãe nascera na Escandinávia. Isso explicava para ele o duplo cio, um no ciclo daqui, o outro no ciclo de lá.

No dia dos acontecimentos que vou narrar ela estava no começo do ciclo de lá. Entraram os dois no elevador e não havia mais ninguém (não existiam ainda as câmeras de vídeo). Estavam sozinhos, os seios dela palpitavam, a pele que descia do pescoço e dos ombros entrava por baixo do decote e se enfiava lá dentro, arfando. O médico-chefe deu um pulo, agarrou os dois seios, ela deu um grito, era uma enfermeira forte, deu-lhe um empurrão, ele caiu no chão do elevador e quebrou duas costelas.

Quebrar costela dá uma dor muito grande, e o escândalo que veio junto não podia ser pior. Melhor seria que ela tivesse feito uma queixa na polícia, ou à direção do hospital, ou à Sociedade de Medicina, ou mesmo uma ação cível para reparação de danos morais. Ela apenas contou o caso do médico-chefe na roda das enfermeiras, dando grandes gargalhadas.

– Como se tivesse mola nos pés aquele velhote deu um pulo de canguru pra unhar meus peitos.

Levada pelos mexericos a gargalhada se espalhou irresistivelmente pelo hospital, se espalhou muito além, chegou até em mim, que nunca fui àquele hospital. O amigo que me contou, um médico, tinha convulsões de riso, quase derramou o vinho da taça que ele segurava.

Ela surgiu
no verão

Começaram as intermináveis férias de verão.

O menino Cláudio chegou em casa, atirou o caderno num canto, sentou na sala. Diante dele aquele quadro representando a dobra de um rio, com neblina e um castelo. Cláudio ficou ali sentado, os braços caídos: as ideias iam se apresentando, não se fixavam, eram atropeladas por outras, indistintas também. Lembrou com saudade de uma época recente, quando ele era um pouco mais criança. Naquele tempo a imaginação conseguia uma sequência mais pausada, era possível saborear as coisas que apareciam, interferir nelas, modificá-las.

Nota: Esse conto foi inspirado em uma ideia esboçada no conto "De repente no verão", publicado em 1985, no livro *Pai Mental e Outras Histórias*. O desenvolvimento aqui feito é original.

Levantou, foi até a cozinha, abriu a geladeira e ficou parado, olhando, tomando o frio agradável. Fechou a geladeira, sem pegar nada, voltou para a sala, deu a volta na mesinha central, foi para o quarto, deitou na cama. Logo levantou e saiu lá fora, foi ao portão.

Os carros passavam, ininterruptos, pela avenida do subúrbio, parecia zunido de grandes abelhas e o barulho das motocicletas que se intercalavam, embora doesse no ouvido, dava uma nota mais pessoal, mais próxima. Os motociclistas mostravam o corpo, eram mais humanos do que os motoristas que se escondiam dentro dos carros. Os motoristas eram fantasmagóricos. Se ao menos um carro batesse no outro, saíssem pessoas de dentro, gritando, querendo brigar, ou morresse um, estendido ali, com um lençol em cima. O vizinho da direita era uma imobiliária, o da esquerda um escritório de contabilidade, placas enormes, numa delas já faltava um pedaço.

Uma hora depois chegou a mãe de Cláudio, beijou o filho e entrou para fazer o jantar. O que ele ia fazer é continuar no portão, ficar olhando fixamente para aqueles carros e descobrir, de longe, o do pai chegando. Houve um clarão, a iluminação da rua acendeu, os faróis dos carros também, muitos cegando o menino com o farol alto. O pai havia dito que, antes da luz de mercúrio, a gente podia ver ao longe as brasinhas dos cigarros na boca das pessoas.

O carro do pai apareceu, fez a manobra, Cláudio puxou para dentro o baixo portão de ferro, que rangia no ladrilho (a rodinha quebrara), e saiu na calçada, para dar espaço, porque o carro entrava justo. Muito justo, tinha dois amassados por causa dessa manobra.

E intermináveis as férias foram. E entrou janeiro, mês muito lento, muito quente, a nuca de Cláudio ficava empapada de suor. E muita chuva. Quando era mais crian-

cinha (que tempo bom!) Cláudio achava variações na chuva, colocar barquinho na frente da cachoeira da boca do fim da calha ou na correnteza que formava lá fora, no meio-fio, a avenida tinha uma suave inclinação, o barquinho seguia em frente, ele o pescava antes do bueiro, voltava até a altura do portão e começava tudo de novo. Ou mesmo caçar moscas para colocar na teia de aranha que havia colada ao muro, perto do pequeno varal. Era divertido, ele brincara de muitas outras coisas mas quando ia tentar agora aquilo não funcionava. Televisão também ele não conseguia mais acompanhar as histórias, desligava logo, dava uma aflição.

No dia quatorze de janeiro Cláudio estava espiando a chuva, sentado na porta da cozinha, entrou uma estiagem, o sol apareceu, ele foi ao portão e ficou espiando a rua. De repente, atravessando a avenida, ele viu a Marialva junto com a mãe. Chegaram na calçada de cá e entraram na imobiliária que fazia parede-meia com a casa de Cláudio. O menino teve uma hesitação, depois tomou-se de coragem, saiu na calçada e entrou na imobiliária também. A mãe de Marialva estava sentada na frente de uma escrivaninha, conversando com o corretor, a menina estava de pé, ao lado, logo que viu Cláudio fez um sorriso grande e falou alguma coisa no ouvido da mãe.

– Pode conversar com o seu amiguinho mas fique na porta, não quero que saia na calçada – disse a mãe, sem se virar.

Marialva pegou no braço de Cláudio e foram até o lado de fora da porta da imobiliária.

– Como vai, Cláudio? Nossa, que saudade.

– Eu moro aqui do lado, encostado – falou Cláudio.

Marialva puxou Cláudio pela mão e o levou para a calçada.

– Me leva na sua casa, quero ver. Lógico que eu quero ver.

– A sua mãe falou para você não sair da porta.

– Minha mãe, minha mãe, grande coisa, ela está vendendo um terreno, nem vai olhar.

Puxado pela mão de Marialva o menino entrou em casa, ela sentou numa poltrona da sala, com os pés no ar.

– Eu sentada aqui parece visita – falou Marialva.

Cláudio achou muito engraçada aquela frase. Riu até saírem lágrimas.

– Parece mesmo – ele disse – Parece visita mesmo.

– Eu vi que tem uma padaria na esquina – falou Marialva – Vamos tomar um sorvete. Eu sou apaixonada por sorvete.

– Mas a sua mãe.

– Minha mãe, bolas.

Puxou Cláudio para a rua de novo, pegaram à esquerda, passaram o escritório de contabilidade e entraram na padaria.

– Eu tenho dinheiro – falou Marialva.

Cada um pegou um sorvete, Marialva deu notícia do que os coleguinhas da escola faziam nas férias.

– O Lucas quebrou o braço na piscina do clube. Fiz um desenho no curativo dele.

– O quê?

– Um elefante, sabe, duas pernas grossas, um olho grande e uma tromba, puxada assim. Eu nunca desenhei um elefante pra você? Eu só sei desenhar elefante. Única coisa.

Ela estava feliz, olhava para Cláudio com aqueles olhos grandes. O menino teve uma segunda explosão de riso e falava entre soluços:

– Você só sabe desenhar elefante? Só isso? Mais nada? Um gato, você não sabe?

Um pedacinho do sorvete grudou na ponta do nariz de Marialva, ela limpou e disse:

– Fique sabendo, um dia eu vou desenhar um gato pra você.

A mãe entrou na padaria, pegou Marialva pela mão, sem olhar para Cláudio, e a levou embora.

LEIA DE JOÃO CARLOS MARINHO

Literatura infantojuvenil

O Gênio do Crime inaugurou em 1969 as aventuras da turma do
gordo (Bolachão), Berenice, Edmundo e Pituca.

Sangue Fresco é uma fantástica aventura da turma do gordo nas
florestas da Amazônia. Vencedor do Prêmio Jabuti de 1982 e do
Grande Prêmio da Crítica de 1982, outorgado pela Associação
Paulista dos Críticos de Arte, foi considerado Altamente
Recomendável para o Jovem pela Fundação Nacional do Livro
Infantil e Juvenil. Uma das obras mais premiadas da literatura
brasileira.

Berenice Detetive é um mistério empolgante e uma obra-prima de
suspense. Vencedor do Prêmio Mercedes-Benz, outorgado ao
melhor livro infantojuvenil publicado entre 1986 e 1987, é também considerado Altamente Recomendável para o Jovem pela
Fundação Nacional do Livro Infantil e Juvenil.

O Conde Futreson. O gordo e a sua turma são ferozmente ataca-
dos por um monstro dotado de poderes sobrenaturais.
Considerado Altamente Recomendável para o Jovem pela
Fundação Nacional do Livro Infantil e Juvenil.

O Disco I – A Viagem é a primeira aventura espacial da turma do
gordo. Os pais do gordo compram um casarão nas montanhas
de Minas Gerais, ficam mais perto do céu, e a turma entra em
contato com as emoções e os mistérios do Universo.

O Disco II – A Catástrofe do Planeta Ebulidor. Zé-folhinha,
filho de Zé-folha, cujo ovo foi chocado pelo gordo, é proclama-
do rei do Planeta Ebulidor. O gordo e a turma são convidados
para a festa da coroação, com muitas homenagens ao gordo,
que é um herói do planeta. Mas o sol entra em ebulição, é preciso fugir daquele sistema, e os sevetrérios, que moram num
asteroide, são perigosos piratas do espaço.

O Gordo Contra os Pedófilos. A Berenice é sequestrada por uma famigerada quadrilha de pedófilos e a turma, liderada pelo gordo, começa uma difícil e perigosa investigação para libertá-la.

Assassinato na Literatura Infantil. Dona Celeste, mãe do gordo, oferece o troféu Visconde de Sabugosa para o autor (ou autora) do melhor livro infantil. O pai do gordo reforça a coisa, oferecendo cem mil dólares para o vencedor. Um júri é formado para decidir quem é o melhor. E alguém leva um tiro na cabeça. Considerado Altamente Recomendável para o Jovem pela Fundação Nacional do Livro Infantil e Juvenil.

O Caneco de Prata. O professor Giovanni usa todos os golpes baixos para que a sua escola ganhe o campeonato mirim de futebol. A final é contra a escola do gordo.

O Livro da Berenice é roubado por um bandido grego, através de um sistema de computador, instantaneamente, enquanto ela o escreve. A turma e o frade João entram em ação. Esta é a primeira aparição do alucinante mordomo Abreu.

Berenice contra o Maníaco Janeloso. Balas assassinas entram pelas janelas das escolas. O negócio é reagir. Mas é muito perigoso!

Cascata de Cuspe, quando o gordo é perseguido por um grupo de extermínio e tem de fazer Cascata de Cuspe para escapar dessa.

Literatura em geral

O duetos dos gatos e outros duetos. Nove contos compõem *O Dueto dos Gatos.* O primeiro se passa em um salão aristocrático da São Paulo de 1915 (*belle époque*). Há uma elegante recepção e Lucila, filha dos donos da casa, é chamada para cantar o célebre *Dueto dos Gatos* de Rossini. Mas acontece uma surpresa.
Os demais contos tratam do eterno dueto entre o homem e a mulher. Que pode ser trágico. Que pode ser feliz. Não é literatura infantojuvenil.

Tradução e adaptação

Três homens e uma canoa, sem esquecer o cachorro é uma tradução/adaptação para jovens do imortal *best-seller* de Jerome K. Jerome, *Three Men in a Boat – to say nothing of the dog.* Três amigos (mais o cachorro) sobem o rio Tâmisa em um bote de Londres até Oxford. Viagem de vários dias e várias noites, há que acampar, há que fazer comida, chega uma chuva, mesmo entre amigos acontecem "ódios" passageiros. Um dos maiores sucessos editoriais (nunca traduzido no Brasil) transformou-se no "hino oficial" dos remadores, velejadores e navegantes do rio Tâmisa. Recebeu inúmeras adaptações teatrais, televisivas e cinematográficas.

GRÁFICA PAYM
Tel. (011) 4392-3344
paym@terra.com.br